I LOVE 小淵沢 春

春いちばん先に咲く
マンサクの花。まだ寒いね。

小さな花火がパッと咲いた
みたいな。かわいらしい
ダンコウバイ。

枝垂れ桜の花。
散ってもなお美しい。

いい香りのコブシの花。
まっ白な花びらが
うさぎの耳を
思わせる。

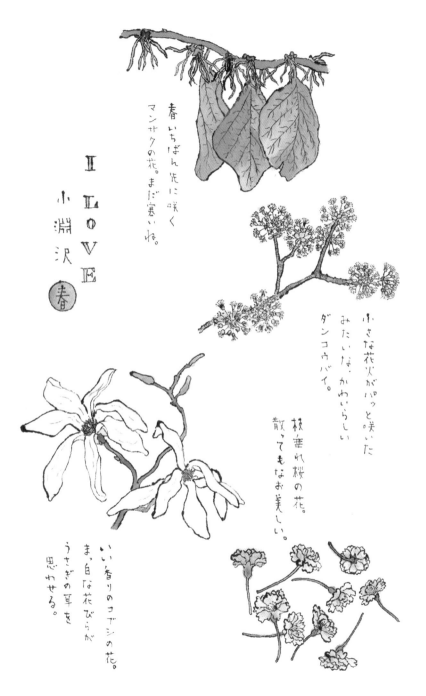

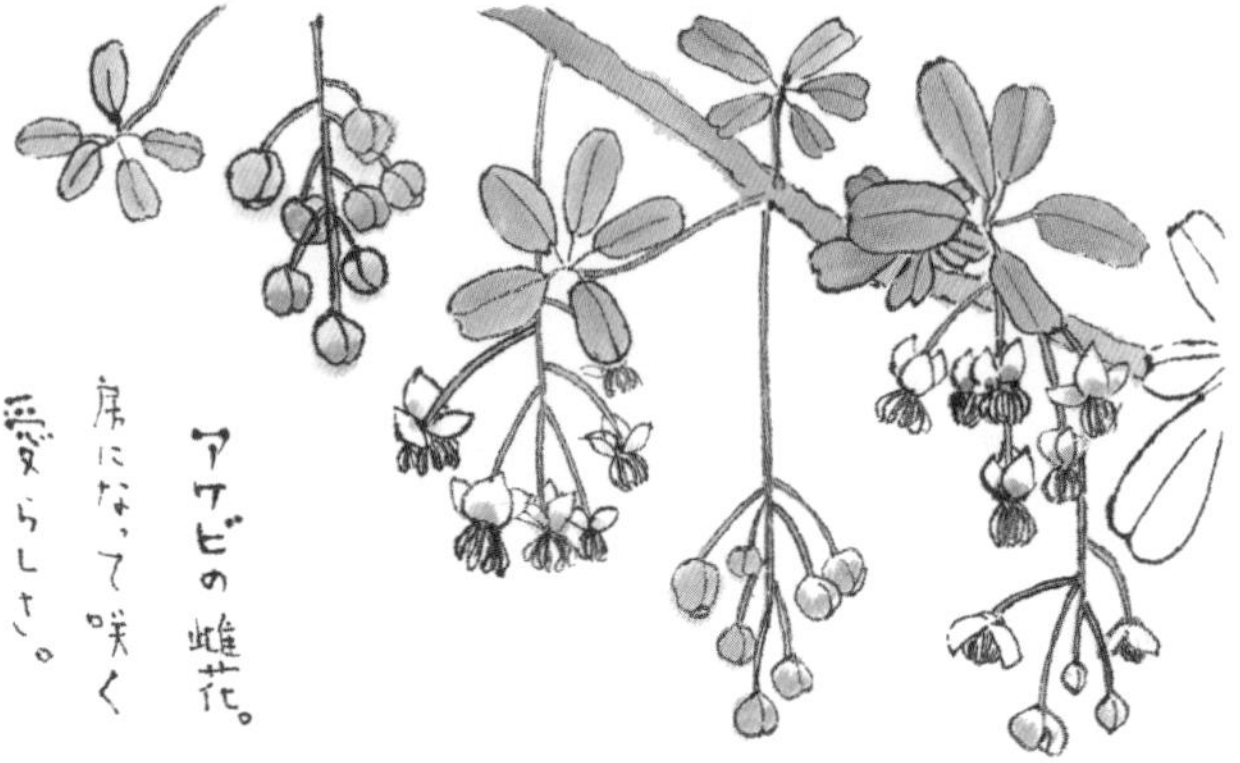

アケビの雌花。
房になって咲く
愛らしさ。

ボトルブラシのような
ウワミズザクラの花。
春もよほど深くなってから
咲く。

猫柳もほどけた。
なんと精緻な造形。

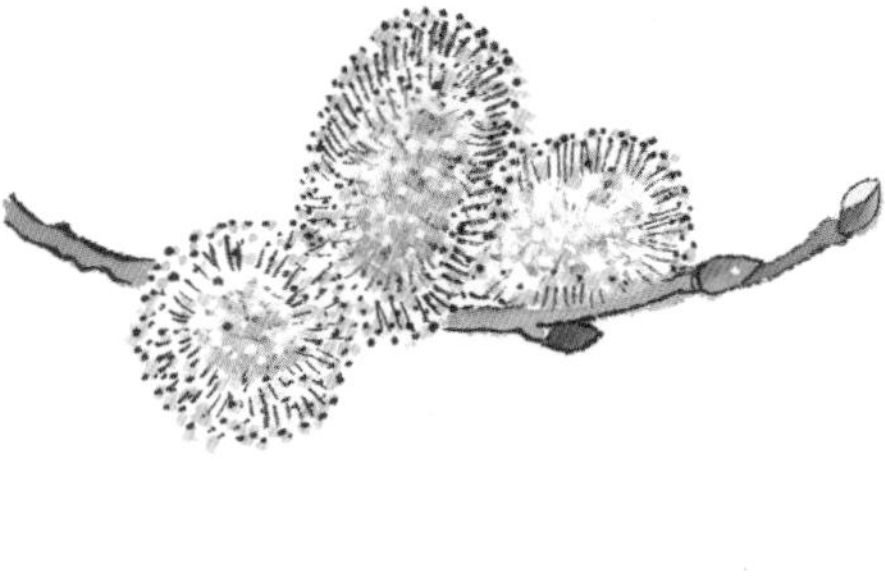

ブックス&モダンのカンボジアのかご屋で手に入れた両手かご。春の小さな収穫にぴったり。

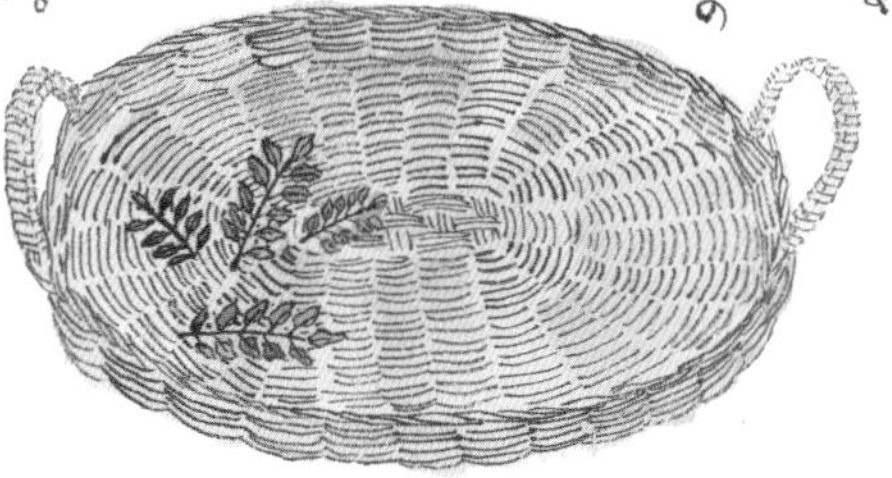

山菜の王様、タラの芽。だいぶひらいているけど。

庭に咲いた小さな春の花。フロックス・ツルニチニチソウ・キバナイカリソウに、ムスカリさん。

プラスチックの庭用サボ。さあ、外へ出よう。

種まき、花苗の植え込み、
春の園芸が始まる。
シャベルセットは
母のおさがり。

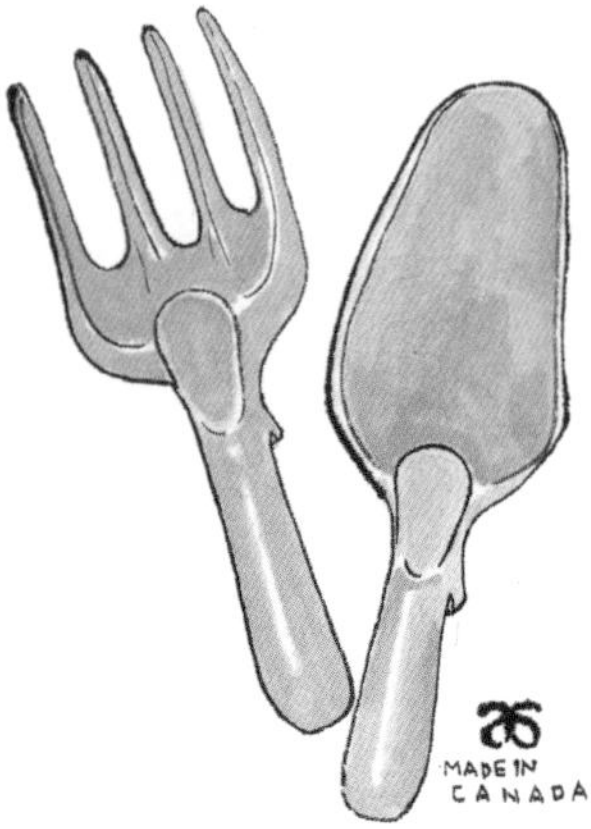

植木鉢
いろいろ。
どの花に
どの鉢を
使うか、
あれこれ
迷うのが
おもしろい。

うららかな空気に
う〜んと伸びをする
畳の上。

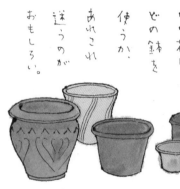

I LOVE 小淵沢 夏

昨年植えた株を放置していたら、今年の方が立派な株となって豊作の夏イチゴ。デルモンテ」メチャ甘。真っ赤。

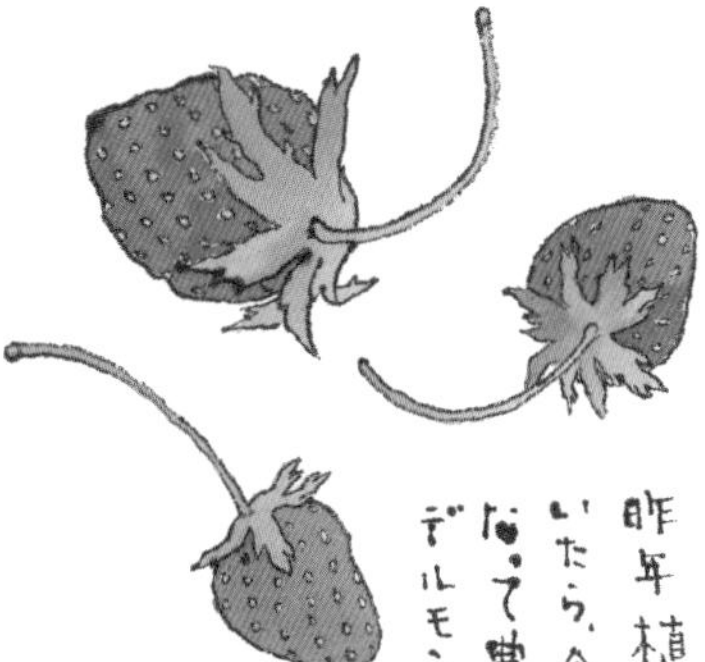

梅雨の間の大風で、山桜の実が庭にたくさん落ちた。赤く色づいてかわいらしい。黒くなった実、まだ緑の実も。

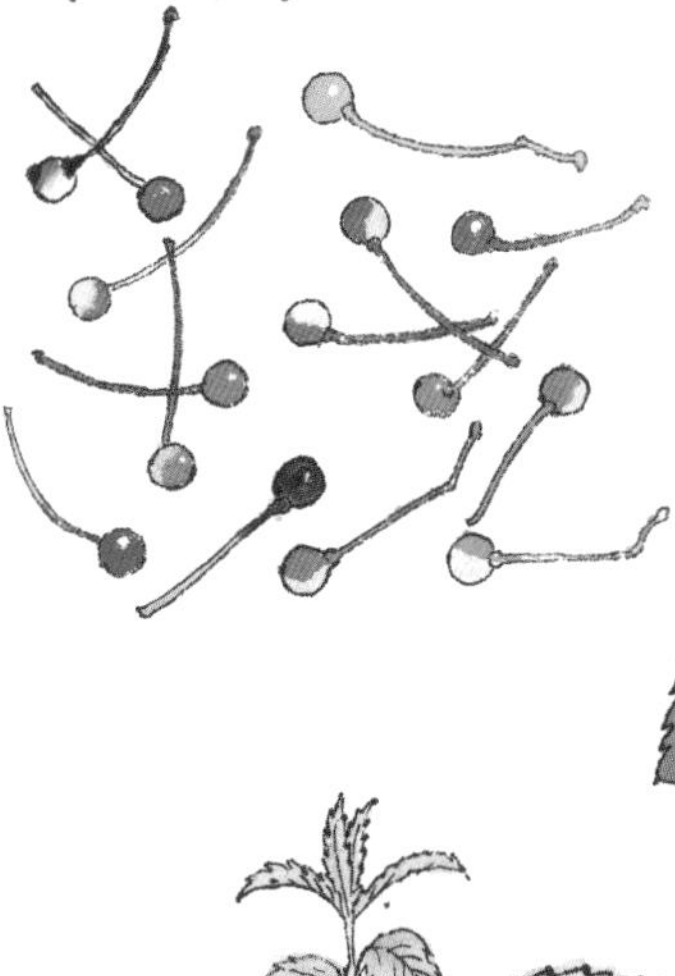

桑の実。まだ緑で熟していないけれど、風に吹かれて落ちてきた。黒く熟すのは、もう少しあと。

甲斐ミントは丈夫で、どんどん増える。これは、虫よけスプレーをつくるために摘んだもの。

忍冬《スイカズラ》の花は、香水のような
いい香り。他の木にからみついて
梅雨の時季に威勢よく
咲き誇る。

コアジサイ。植えてから、もう
三十年以上もたつのに、
いまだ小さい木で、大人しい性格。

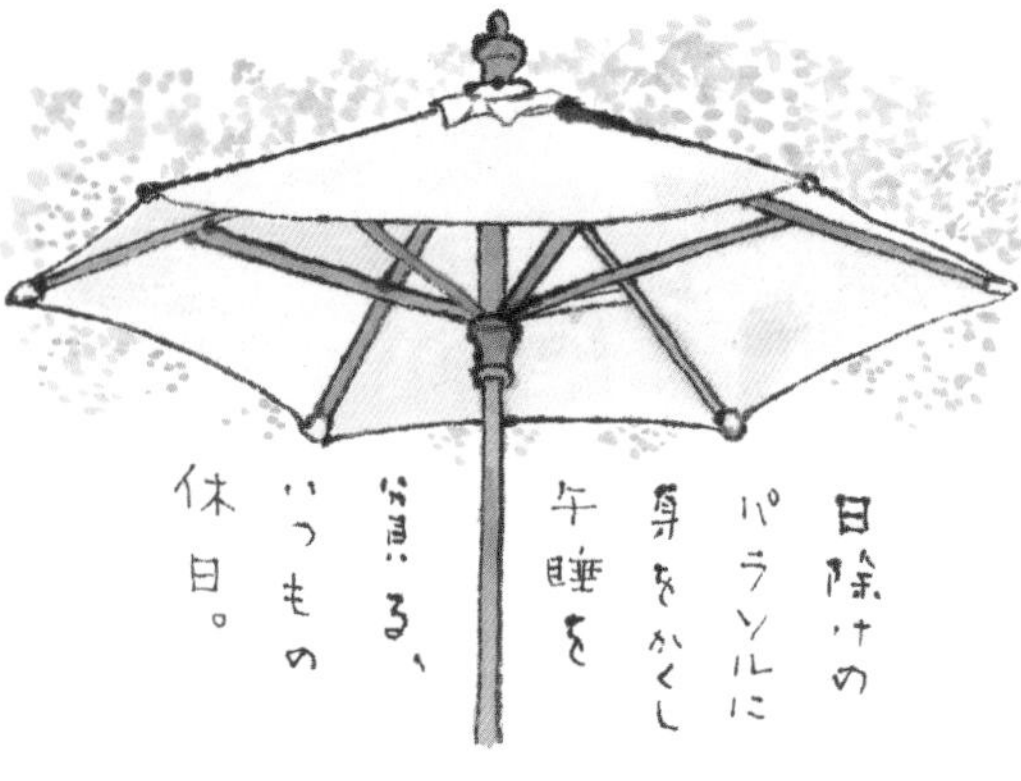

日除けの
パラソルに
身をかくし
午睡を
貪る、
いつもの
休日。

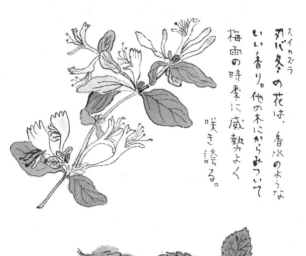

庭の石のすきまに群生した
小さなきのこ。
なんという名か、
わからない。

長さの違う真鍮の管が
五音のノートを奏でる。
耳でとる涼。

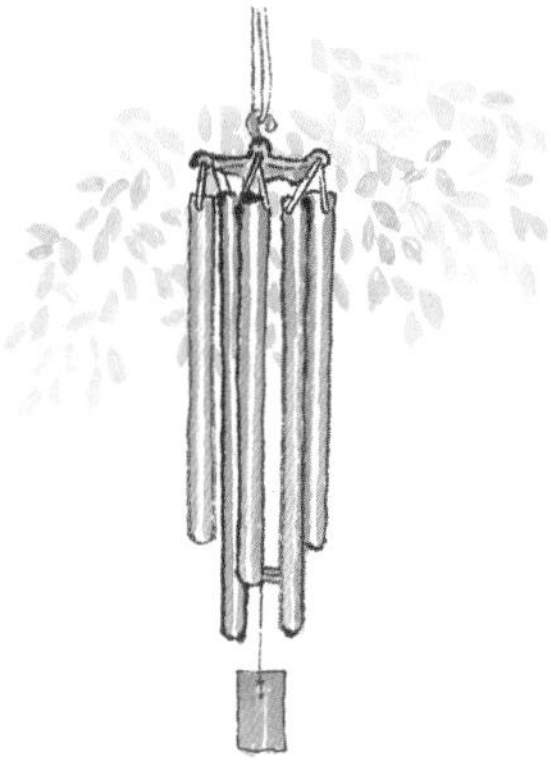

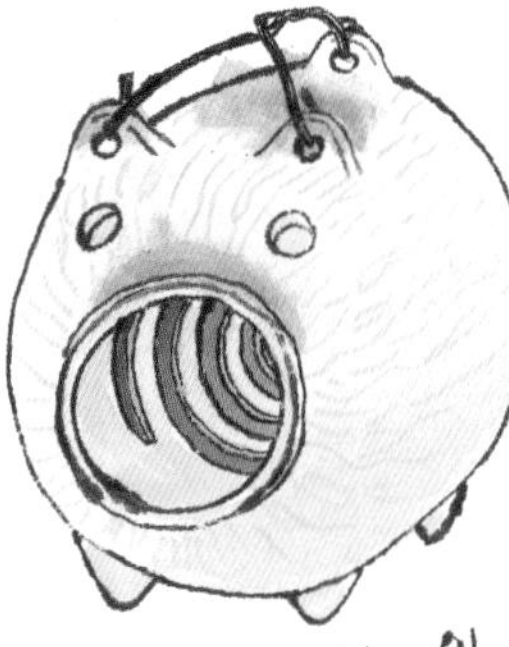

外では必須、
蚊取線香。
ブタさんがいちばん。

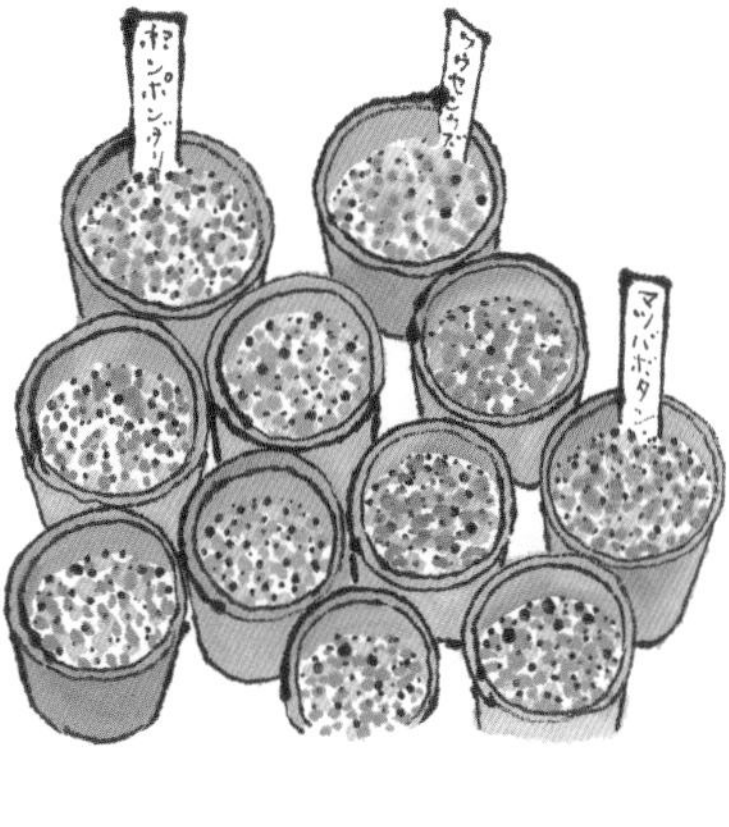

種まきに励む。
芽が出ようと出まいと。

ボニカ'82。
愛らしく咲いた。
ボニバラちゃん
from 恵風舎。

夏野菜の収穫籠。
頑丈、堅牢。
天晴れ竹籠万歳!!

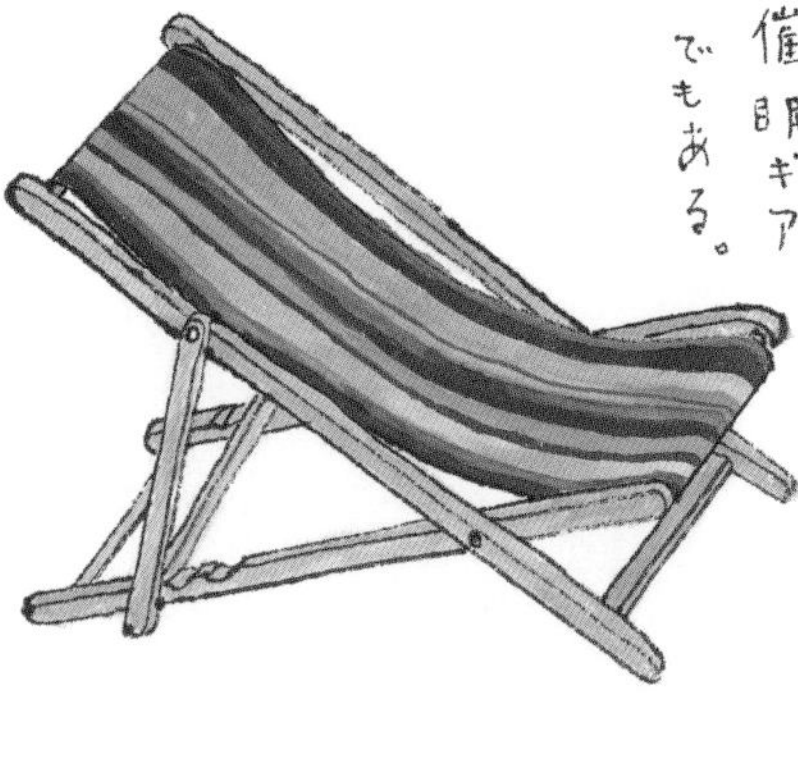

帆布のデッキチェア。
すわった途端に眠くなる
催眠ギア
でもある。

五十八歳、山の家で猫と暮らす

平野恵理子

亜紀書房

目次

まえがき

八ヶ岳南麓の小さな家に居を移して三年目。

最初は一年間だけいるつもりで横浜から猫を連れてやって来たのが、気がついたらすでに三度目の越冬をしてしまった。

今までも何度か引越しをしてきたが、どこでも最初の二年はその地でのアウェイ感がなかなかぬぐえない。ただ、これが三年目ともなると、もうずいぶん前からその地に住んでいるような、リラックスした居心地のよさを感じているのだから不思議だ。住めば都か。

いまやその三年目。

知らない場所ではない。四十年近く前、両親が買った山荘だ。若い頃から親しんだ家。休みを使って友達と過ごしたり、あるいはまとまった仕事のために一人合宿をしたり。何もせずに、家のまわりの緑を眺めたり、鳥の声を聞いたりしているだけでも満ち足りて、よく使ってきた。が、一年を通して過ごすことはなかった。この家で一年間過ごして四季の一巡を見届けてみたいとずっと思っていたのだ。そのつもりでやって来たのだが。

この本の原稿を書いたのは、今からちょうど一年前。引っ越してまだ二年未満の、アウェイ感たっぷりな山暮らしの記録だ。

時々滞在するのと通年暮らすのとは、やはり事情が違う。思っていなかったことが起こったり、想像以上に暮らしに不便を感じたり。ひとごとだった「買い物弱者」という言葉はそのまま自身の境遇となった。それでも、電動アシスト自転車とインターネット、Ａｍａｚｏｎとアスクルと宅配便に助けられながら、なんとか暮らしは続けてきた。

不便なだけならさっさと横浜へ帰るが、それをしのぐ魅力もあるのが、この地の、そしてこの家の悩ましいところ。離れ難くて去り難くて、はや二年半。

その後、近くの教習所に通い、運転免許を取得、自分で買い物も少しずつできるようになってきた。まさか我が生涯で、車の運転をするとは思ってもみなかった。

こちらへ越してから、免許取得の計画を話したとき、

「ヒラノ、ライフが変わるぜ」

と言った友人がいた。たしかに。

とはいえまあ、それはまたこのあとの話だ。

母に

一　虫の章

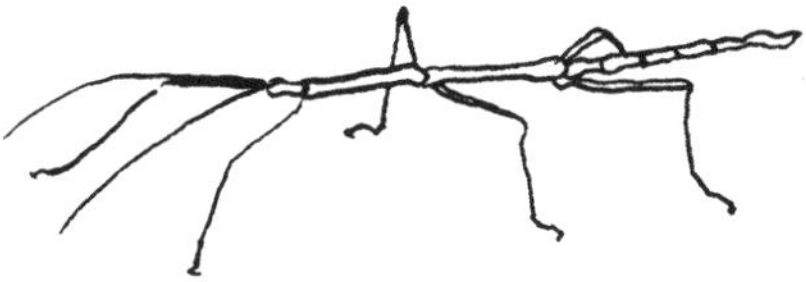

虫が多い。

山村だから仕方がない。

怖い虫と、それほどでもない虫がいる。動きが遅い虫だとたいしたことはないが、素早く動く虫には恐怖を禁じ得ない。どうも虫に対する恐怖心は、その動く速さに比例して増大するように思われる。カナブンやカブトムシなど、鈍重な動きをするものにはさして恐怖心はわかず、むしろ好もしく思え、短い時間なら触ることも可能だ。が、動作の速いゲジゲジやハサミムシなどは、その虫がたとえ止まっていたとしてもいつ高速で動きだすかしれず、じっとしている姿すら恐ろしい。

有毒無毒、刺す刺さないも、恐怖とはさして関係ない。

春先になると、まず浴室に毎日なんらかの虫が侵入して来る。カマドウマ、ゲジゲジ、カメムシ、テントウムシ。もう少し暖かくなってくると、アリやハサミムシ、バッタ、コオロギ、カマキリにキリギリスみたいな虫も。

浴室は適度な湿気があるし、日中はほとんど人の出入りもない。虫にとっては安心できる場所なのだろう。が、裸になって浴室を使う無防備な者にとって、虫が近くにいるという状況はとても安心できるものではない。たとえ指先ほどの大きさの虫であっても、裸ん坊のこちらにとっては重装備の戦車、はいいすぎかもしれないが、擲《てき》弾筒《だんとう》くらいには思えるほどの恐怖を感じさせるものとなる。

脱衣前に発見したときには、棒、あるいは捕虫網などを用いて捕獲したのち、窓外へ解放する。これも相当の勇気を要する行為だ。が、裸で虫と遭遇するよりはなんぼかましだろう。うっかり虫を発見できずに入浴を開始してしまった場合は恐慌に陥る。入浴を切り上げるのも癪《しゃく》だし、かといって虫との接触など言語道断。細心の注意をはらって虫がなるべく近くに来ないように気をつける。洗い場に出る際にはもっとも注意が必要で、虫がいる位置を常に把握していることが肝心だ。こちらに近づいて来られるのも困るし、誤ってお湯で流してしまうのはさらによくない。虫などと一緒に落ち着いて入浴できるわけもなく、油断のならないのが浴室だ。

さて、動きがとくべつ速いわけではないものの、後ろ肢の発達が甚だしく、特段の跳躍力を持った虫がいる。家の中にしばしば現れる虫のなかでもいちばん恐ろしく感じられるのは、その特徴を持つ種だ。カマドウマ。子供のころ、この虫の存在は知らなかった。初めて見たのがこの家の中でのこと。すでに二十代になっていた。それまでに一度も見たことがなく初めて見た虫だったということも、多少恐怖を増大させる要因だったかもしれない。その姿がまた特異で、こんな虫はそれまでまったく見たことがなかった。

全体の色合いが虫らしからぬ妙な生白さで、まず頭に思い浮かぶのが、生の車海老だ。色合いといい、まだらの模様といい。色柄もさること、体の形がまた海老っぽい。背中の丸まった胴体に翅《はね》はなく、なにより目に飛び込んでくるのはそのアンバランスなまでに発達した後ろ肢。自分の背中のはるか上まで伸びて、そこから地面に向かって鋭角に曲がり、足先までまっすぐに長い。

一

最初に見たのはもう三十年以上前だ。夏になってしばらくぶりに山荘へ来たときのこと。洗面所のシンクの中にいた。シンクの中に入ってしまい、なかなか出られずにいたらしい。脱出しようと何度も跳躍して無理しすぎたのか、長い後ろ肢が一本シンクに落ちている。家に着いてまず手を洗おうとして洗面所に行ったら、シンクの中で見たことのない海老に似た虫がピョンピョン跳ねていた。しかも後ろ肢一本で。異様な虫に驚き慌て、叫び声をあげたのはいうまでもない。出会いが悪かった。

それからも、浴室、台所のシンク、とやはり水気のあるところが好きらしく、久しぶりに来る家の中で必ず討ち死にしている姿を見ることになった。こちらとしては恐ろしいばかりだが、度々見るうちに、どうもこの虫は相当ひ弱なのではないかという印象を持つようになった。跳躍力こそ大きいが、すぐに肢をもいでいるし、動きもあまり賢そうではない。体の形も、どこかに潜り込んだり隙間に身を寄せたりするには不便そうだ。虫世界のヒエラルキーに於いても、底辺に位置してひっそりと生きてきたと察せられる。実際、自分が育ってきた場所を考えても、新興住宅地で周りには田畑が多く残る地域だったたし、虫や草花ともかなり親しんできたつもりだった。が、それでもカマドウマの姿は一度も見たことがなかった。
いつの間にか、我が家ではこの虫を「ピョンピョン虫」と呼ぶようになっていた。名前がつくほどよく見かけたというか、そこらじゅうに現れては闇雲に跳躍し、こちらを恐怖に陥れていたということだが。

カマドウマとの出会いから三十数年。見慣れはするが、怖さは変わらない。ついこの間も恐ろしかった。

入浴しようと思い、脱衣する前に浴室をひととおり確かめたのだが、特に異常はなかった。虫が浴室にいることが多いので、必ず脱衣前に確かめる習慣だ。異常はなかったので、裸になって浴室にはいり浴槽の蓋を開けていたら、その姿があった。それほど大きくはないけれど、中くらいはある。生まれたばかりの特別小さいカマドウマにはそれほど恐怖も感じないが、中くらいとなると十分怖い大きさだ。どこにいたのか、風呂蓋を二枚くらい開けたところで件の虫は姿を現し、運悪く湯舟に落ちてしまった。

一

湯の中でもがくピョンピョン。

　虫は怖いが、憎んでいるわけではない。逆に、こちらが彼らの世界に侵入しているという思いが少なからずあるので、どこかで「申し訳ない、お邪魔しています」と思っている。

　もう十一月くらいで、外はかなり寒い。お風呂が沸いて、木の蓋はちょうどよく温かくて湯気にも当たって、カマドウマもここでのんびりしていたのだろう。そうしたら、鬼婆が来て煮え湯に落とされた。

　驚いて急ぎ手桶ですくってタイルの床に湯ごとあけてやった。が、もう虫は横向きになって、タイルの上で白っぽい腹を見せて動かず、すべての肢が長く伸びている。もともと弱い虫なのだ。ほんの四〇度くらいのお湯といっても、やはりゆだってしまったのかもしれぬ。可哀想なことをしてしまった。

　とはいえこちらも湯船にはいらずにいると冷えてしまう。虫と入れ替わりにお湯に浸かって温まることにした。しばし湯にはいり至福のひと時。

　とはいえ、件のピョンはどうしたかと気になって湯の中からうかがってみた。不審なことに、先ほどノビていたタイルの場所にはいない。するてぇと、少しは動く力が残っていたのか。よろぼいながらもどこか安心できる隅の方に身を寄せているのだろう。はて、どこにいるのやら。首を巡らせて風呂椅子や手桶の辺りをうかがっても姿は見えぬ。すのこの上にもいないし、と真下に目を移すと、まさに我が目の真下三〇センチあまりのタイルの床に、すくっと立っているピョンの姿が目に飛び込んできた。それこそジャガジャン、と仁王立ち。思わず浴槽の内側に頭を引っ込めて身を隠した。

さっきの、まるで死んだようにしていたあの姿はなんだったのだ。先ほどまでのぐったりした様子が嘘のような引き締まった姿勢で、後ろ肢もぐいっと背中の上方に立ててしっかり身を起こしている。とても怖い。

さながらホラー映画ではないか。恐ろしい何者かに追われて必死に逃げていた主人公が、ようやく逃げ切ったとホッとしたその瞬間に、ババーンと主人公の目の前に、さっきよりもさらに凶悪になったそいつが現れる、というお決まりのパターン。

虫はよく死んだふりをして動かなくなるが、まさか地獄の釜茹でから生還するとは。死ななくてよかったとは思うものの、じゃあこっちはこのあとどうやってお湯から出たらいいのだろう。

体を洗うのもそこそこに逃げるように浴室を出て、すのこも上げずにその晩は床についた。翌日はどこを探してもピョンの姿は見えなかった。どこかへ場所を移動したのだろう。こちらは安心して入浴ができてなによりだが、虫の行方が少し気になった。

虫に人気のある浴室では、怖くない虫も訪問してくる。

まだ風呂蓋を木製のものにかえる前、プラスチック製の蛇腹式を使っていた夏前のこと。洗い場で体を洗っているときから、黒いアリが一匹、その巻き上げた蛇腹式の蓋の上を歩いているのは目にはいっていた。アリなら怖くはない。一匹で歩いているくらいなら放っておいても大丈夫だ。ただ、巻き上げた蓋は浴槽のすぐ脇においてあったので、滑ったらすぐまたお湯の中だ。「落ちるなよ」と思っていたが、まさかそんなことはないと心配もしていなかったところ、あらぬことか本当に湯の中に落ちた。手で素早く掬《すく》えると思ったのと裏腹に、妙に難儀をして救出に時間がかかり、再びもうひとつの釜茹で劇となった。また湯舟に落ちないようにとぐったりしたアリを、板壁の上の方の桟《さん》に乗せた。しばらくじっとしていたが、そのうち目を醒ましたのか、死んだフリを終了したのか、起きだして身繕いを始めた。前肢を使ってしきりに首を左右にかしげては、顔や頭の左右に生えた短い触覚を撫で、後ろ肢も一本ずつ丁寧に撫でていく。あどけなくも可愛いその仕草を見ていると、いつまでもあきない。裸のまま見とれていた。

風呂から出るときも、アリはまだそこで顔を拭いたり、二、三歩歩いたりして、その桟にとどまっていた。

アリの動きの可愛らしさにあらためて気づき、ウサギやネコが身づくろいする愛らしさに通じることを知った。その意外さに少し驚き、またその発見に得をしたような気分にもなった。ハエやトンボもよく頭をクリッと動かして頭を撫でさするような仕草をするが、アリは頭の部分が丸くて動物っぽいので、より愛くるしく感じるのだろうか。

アリねえと思い、入浴後、山荘へ越して来てから購入した虫の図鑑を手にとった。さっきのアリは「クロナガアリ」らしいと知る。アリはハチの仲間であるとも初めて知った。そういえば、体の形などよく似ている。

翌朝になって、ゆうべのアリはどうしているかと浴室をのぞいてみた。ゆうべ可愛らしく身づくろいをしていたその場所に、まだアリの姿はあった。が、夕べよりも体全体がずっと小さくなって、横になっていて動かなかった。一匹のアリとこんなに親しく接したのは初めてのことだったのに。残念でかわいそうだった。


寒いときは家の中で過ごすことが多いので、虫との遭遇も家の中がほとんどだが、夏になると家の外に出ることも多い。より虫との接触機会が増大する。

庭に寝椅子を出して身を横たえ弛緩していると、虫たちもそこにいるのを人ではなく倒木かなにかと思うらしい。よって、気にすることなく自分たちの生活を送っているので、その姿をじっくり見られることになる。

トックリのような形の体をしたハチが、土中の巣に出入りしたり、黒いツヤのあるキャタピラのような体の虫が、地面の同じ場所を繰り返し忙しそうに徘徊していたりする。トンボも乾いた羽音をさせて飛び交っている。

何年か前、オニヤンマが部屋に飛び込んできたことがあった。このときは、トンボのあまりの大きさに驚いた。体長が、三〇センチ物差しくらいの長さに思えたのだった。大きく見積ってもせいぜい一五センチくらいだったのだろうが、部屋の中にいると虫は実際よりもひどく大きく見えるらしい。

その黄色と黒の縞模様のオニヤンマが、その日庭の寝椅子で横になっていると、倒木の枝部分、つまり寝そべっている人の二の腕にとまった。すぐ目の下にいるオニヤンマ。クローズアップでよく見える。やはり近くで見ると大きい。このヤンマはハエのような虫を胸に抱えていた。獲物らしい。これから昼飯なのだろうか。と思ったとたん、胸に抱えた獲物を食べ始めた。乾いた音をたてて、熱心に食べている。食事中に動くと失礼かと思い、こちらもじっと動かずに見るともなく見守った。

着々と食べ進むヤンマ。もう夢中のようだ。しばらくかけて、二分だろうか、五分ほどかけたのか、すっかり食べ終わるまで行儀よく、止まることなく食べ続けた。食べ終わると満足したのか、機嫌よさそうに「倒木」から飛び去って行った。トンボの食事に最初から最後まで付き合ったのは、これが初めての経験だった。

ゆっくり動く虫はそれほど怖くないとはいえ、それはテントウムシやコガネムシなど、比較的小さいからだ。どんなにゆっくり動こうとも、あまりに大きな虫がそばに来ると、それなりに脅威を感じる。

ベランダのテーブルで簡単に食事をした後、本を読んでいたときだったと思う。朝食だったか、昼食だったか。本を読んでいるのであまり周りをキョロキョロしない。身じろぎもしない。だからなのか。今度は木の切り株かなにかに思われたのかもしれぬ。

先ほどから視界に茶色っぽいものが見えているが、意識するまではいかず、そのまま本の文字を目で追っていた。と、その茶色がかなり目の近くまできたので、我に帰って本から自分の左胸に目を移すと、そこには胴の長さだけでも一〇センチ以上はある茶色のナナフシが、ヒョコ、と佇んでいた。音もなく。跳躍することもなく。ハチやトンボと違って飛翔することもなく、静かに長い肢を使って移動する虫だ。この個体も、どこからか徒歩で我が左胸まで登ってきたのだろう。長い肢、同じように長い胴、どれもが細い小枝のように伸び、余計に大きさが増幅されている。

思わず立ち上がって手でナナフシを払い落とし、声にならない叫びとともに、ベランダから部屋に逃げ込んだ。驚いたのはナナフシの方だっただろうが、こちらも相当びっくりだ。「こんにちは」とでも言いに来たのだろうか。それにしても近づきすぎだ。初対面のときは相手との距離感には気を遣わないと。などという人間世界の一般など虫には通用しないから、責めることはできないが。以後、ナナフシは二度と姿を見せなくなった。噛んだり刺したりしない虫なのに、払い落としたりして申し訳なかった。が、とっさの恐怖に理性は失われる。これまた出会いが悪かった。残念なような、安心なような。

毒のある虫もいる。スズメバチ。刺されたら命に関わることもあるというから恐ろしい。幸いにしてまだ姿を見たことはない。が、何年か前の晩秋のこと。久しぶりに山荘へ来ると、家の玄関上の外壁にバレーボール大のスズメバチの巣を発見した。この家の主だったともいえる母が、病気で長期間山の家に来られない時期があった。母を一人おいて自分だけ来るわけにもいかず、来る気持ちにもなれず、三年以上山の家は誰も訪れない状態だった。さらに母が亡くなってからはしばらくどこへ出かける元気も出ず、ようやく訪れたときは、家の周りの木は鬱蒼と繁茂し放題、密林化した木々だけが育って人の気配のしない、しんとした家になっていた。考えてみれば、四、五年ほとんど来なかった。その隙に、スズメバチはいい場所を見つけて営巣したのだろう。

あんなに大きな巣をそのままにしておくわけにはいかない。かといって、巣をかまって中からハチの軍団が出てきて襲われないとも限らない。はてどうしたものか、と思い、管理事務所に電話をして尋ねてみた。したところ、もう晩秋のこの時季ならハチはその巣にはいないので、巣を取り壊しても大丈夫とのこと。

では、取り壊し決行だ。

が、それにしてもこの巣にいないとなると、どこにいるのだろう、ここに住んでいたハチは。巣の大きさからすると、かなりの大所帯と察せられるが。気になったので調べてみると、スズメバチのなかで越冬するのは女王バチのみで、あとはみんな死んでしまうのだそう。女王バチが越冬するのも別の場所で、土の中や木の洞《うろ》にいるから巣は空っぽなのだ。

それならと屋根ギリギリの軒下に、家にあったなかでいちばん長い棒をふるって巣を落とそうと試みた。が、思ったよりもかなりしっかりくっついているのでなかなか落ちない。後ろに反らし続ける首も限界、棒を持つ手ももはやこれまで、というときにようやく落ちたと思ったら、玄関ポーチの屋根に落下。せっかく珍しいハチの巣を手元でゆっくりじっくり見たかったのに、それはかなわず骨折り損。残念な結果となった。

しかし、あんなに大きくなるまで巣を作られちゃって、そのあいだ家の周辺を見回り点検していた管理会社の目は節穴だったのか、否か。それはともかく、ハチとの遭遇を免れてなによりではあった。

それより気になったのは、一人ぼっちで越冬する女王バチのことだ。春になると、また女王バチは一人で巣を作って卵を生み、大家族を形成していくのだそう。ただなにもせずにふんぞり返って働きバチたちをこき使っているのだとばかり思っていたが、意外や健気な一面があると知り、女王蜂にも少しシンパシーを感じられるようになった。でも、うちにはもう営巣しないように。

それほど危険でもないし、それほど怖くもないが、ちょっといやなのがカメムシだ。姿形はどちらかといえば格好よいが、臭い。洗濯物にとまっているのを知らずにかまってしまうと、勝手に怒って臭い汁だかガスだかを出す。これが他にない臭さ。

夜、部屋の中を飛ぶと、その羽音がまた大きい。プロペラ機でも飛んでいるのかとも思えるほどの回転音だ。静かに飛べば気づかれなくてすむのに、部屋じゅう音を立てて飛び回るので、耳ざとい猫に見つかって、さんざん弄《もてあそ》ばれることになる。そのいたぶられる姿を見ると不憫なこともあり、なるべく家にはいってきてほしくない虫だ。

姿を見なくとも、屋根裏部屋から降りてきた猫が得意そうにフンフン近づいてくるとカメムシ臭芬芬《ふんぷん》、ということも少なくない。上で誰がいじめられていたかが分かって辛い。カメの方は辛いどころではないだろう。

台所のシンクから出られないゲジゲジを、救出しようと思って逆に溺れさせる。サッシの間にはいって出られないハチを、なんとか解放してやろうと窓を左右に動かすのに、反対側にしか行かずにどんどん深みにはまっていくのを見て絶望する。虫の心が分からないと、救うことも難しい。

しかし、ここ一年住んで最も怖かった虫体験は、毒を持つでもない、刺すわけでもない、よく分からない羽アリだった。こちらに住むようになる前にも、ひと月ぶりに来たときなどに、部屋の決まった場所、机の上や押入れの中、敷居などにおがくず状の木のカスが小さな山になっていた。これが大変気になってはいた。家が食べられているのか、虫に。

心配なので、管理事務所A氏が他の用事で来てくれたときに、こんなに食べられているのですが大丈夫か、と様子を見てもらって尋ねたことがある。木屑の中には、その羽アリらしき体の一部も多く混ざっていた。翅や、胴体半分など。が、Aはその木屑や翅のかけらを見て「まあ、悪さをする虫ではないですね」と言った。すでに十分悪さしているじゃんと思ったが、黙っていた。

秋にこの家に越してきて暮らすようになった。寒い時季はそうでもなかったのが、暑くなってくると、その羽アリの活動がさらに活発になってきた。毎朝机の上の同じ場所におがくず状のものがばら撒かれている。それを手箒で集めて捨てるのが日課になった。細身で長身、白黒っぽい色合いで、見た目は嫌な感じはしない。が、羽音を立てて部屋の中を飛び回るようになり、その数がだんだん増えてきていた。

どうなっているのかと、木屑がばら撒かれる机の真上を見上げてみた。そこは、天井、すなわち屋根裏部屋の床部分だが、天井と梁の細い隙間から、その羽アリが出入りしている。しかもかなりの数。気がつけば、その近くの天井につけてある照明の周りにも相当数の羽アリが余裕ある態度で逆さになってもじもじ動きながら翅を休めている。数の怖さを感じた。ヒッチコックの映画「鳥」みたいでないか。虫だけど。

この状態はマズイのではないか。なにか処置をしないといけないのではないか。しかし、もしかするとこの天井と屋根裏部屋の床との間には、もう巨大な巣が作られていて、自分一人ではとても処置できない状態になっているのかもしれない。とはいえ、なにもしないでいるともっとよくないことが起こるということだけは分かる。そう考えている今も、頭の上を羽音をさせて飛び交う羽アリ数匹。

決心して、午後自転車をこいで駅近くの金物店へ行った。ないものはないという完璧な品揃えの店だ。なんでも相談すれば、それにふさわしいものを出してきてくれる。昔からある店で、母も懇意にしていた。付き合いはもう三十年以上だ。

羽アリの状況を説明すると、ノズルのついたスプレー式の羽アリ専用殺虫剤を出してきてくれた。さらに、梁と天井の間、その羽アリが出入りする隙間を埋めたいので、目止め剤が欲しいというと、お風呂の隙間用のシール剤を勧めてくれる。でもそれって真っ白でテカテカするタイプのものではなかったか。ちょっといやだったが、背に腹はかえられぬ。それも買って、汗だくで長い登り坂を自転車をこいで家に戻った。

部屋では相変わらず数匹の羽アリがのんびりと飛び交っている。

まずは殺虫剤だ。大きな机をずらして脚立を置き、床には新聞紙。薬を撒いた途端、一斉に天井裏から羽アリが出てくるかもしれない。そんな恐ろしい目には遭いたくない。ということは、先に彼らが出入り口にしている隙間に目止めをしたほうがいいか。とはいえ、目止めシール剤を塗布しているうちに虫に襲われても怖いので、まず応急処置として、透明テープを貼って塞ぐことにした。横幅一メートル五〇センチくらいか。

テープを貼り終えたらひと仕事終わった気分になって、しばらく椅子にへたりこんだ。大したことをしているわけではない。作業の疲れではなく、これは恐怖と闘う疲れなのだ。

そうする間も、こちらを挑発するつもりなのか、羽アリはフワ〜と頭上を飛んだり天井に数匹固まってコソコソ動いている。

さあ、気力をもう一度振り絞って、いよいよ殺虫剤の噴射だ。脚立に昇って、小さく残したテープの隙間にスプレーのノズルを差し込み、恐怖を押し殺して一気にスプレーを吹き込んだ。

羽アリが出てくる隙間はないので虫は姿を現さないが、中で虫の気配はする。一方向だけの噴射ではいかんので、潜望鏡よろしくノズルを一八〇度旋回させて、広範囲への噴射を試みた。噴射を続けているので、スプレー缶が冷たくなってきたが止めることはできない。

隙間から梁に幾筋もスプレー剤が垂れてきている。中では羽アリがいっせいに動く乾いた音がしている。シャカシャカ、サワサワ。これはかなりの大所帯らしい。

こんなに怖いこともあまりない。このような残虐行為は人道的にどうなのだろうか。でも、虫に脅かされるような、机の上で羽アリが飛び交うような暮らしは嫌だ。後からやって来た人間のわがままだとはよくわかっているが。

心を鬼にして、金物店のお兄さんの言ったとおり、スプレーが空になるまで噴射し続けた。噴射し終わっても、まだ中では相当数の虫の音がしている。ノズルを抜いて、梁に垂れた薬をぬぐい、ノズルを差し込んだ隙間もテープで塞いだ。

巣の外にいた二、三匹の羽アリが「あれ?・」とでも言っているように飛んだり止まったりしていた。申し訳ありませんが、もうあなたがたのおうちはないのです。悪しからず。

金物店のアニは、薬を撒くのは応急処置で、いったん天井を開けて調べないと、など本格的な指導をしてくれたが、誰がそれをしてくれるというのだろう。自分でそんなことはできないので、もうこの天井裏は永久封鎖だ。

次に何か問題が発生したら、そのときにどうするかを考えよう。今は気力もここまでが手一杯。次第に虫の気配もおさまってきている。

この羽アリ殲滅《せんめつ》劇から半年以上たった今も羽アリはいないし、不思議なことに他に二ヶ所くらいあった木屑の山も、それ以降見ることはなくなった。ということは、天井裏に住んでいた羽アリがそれぞれ押入れの中や鴨居の下に出向して、穴を開けたり木屑の山を作ったりしていたのだろうか。ともあれ、羽アリ問題は当座のところ解決したということだ。

目止め剤も使わず、応急処置のテープを未だに貼ったままにしている。居室からは見えない角度だし、朽ちて剝がれてきたら貼り直せばいい。

この家を使って三十数年。周りに家が増えたからか、昼寝もできないほどうるさく飛んでは人にとまっていたハエもほとんどいなくなった。が、まだ虫の影は濃い。今晩も入浴の際は、裸になる前に浴室の安全確認を怠らずにしよう。

二　雪の章

今朝起きて雨戸を開けたら、外が真っ白だった。やはりゆうべの激しい風が、山から雪を運んできたのだろう。寝ている間、風の音が激しく嵐のようで、恐ろしかっただけのことはある。積雪三センチほどだが、景色は一変。やはり雪景色はいい。

確かに昨晩のラジオの天気予報では、天気は晴れだが、山沿いでは雪が舞う可能性があると言っていた。舞う、という表現よりも少しこの辺りの雪は量が多かったか。とはいえ予報のとおり、今はもう青空が広がり太陽が顔を出している。西の空半分はまだ雪雲に厚く覆われているから、この陽射しも午前中だけのもので、午後はまた曇り空に変わるかもしれない。

どこの調べだかわからないが、この八ヶ岳南麓地域は、冬季の日照時間が全国一位なのだそうだ。たしかに冬はたいてい晴れ渡っている。布団干しはほぼ毎日。が、今日はさすがに陽射しがあるとはいえ布団は干せそうもない。ベランダの柵も雪で真っ白だ。部屋にしばらく敷布団だけ広げておいて、陽に当てよう。

洗面したのち、身支度を整えて玄関を出てみた。今朝の雪は、細かい透明な結晶と、直径一〜二ミリほどの真っ白な毛玉のようにふわりとしたまん丸の固まりが混じっている。積もったところを見ると、そのアンサンブルが愛らしいモヘアの手編み模様のようだ。こういう雪はなんという名前がついているのだろう。それぞれきっと名前がついているに違いない。

雪の博士、中谷宇吉郎先生の本には、いくつもの雪の結晶の写真が載っていた。中谷先生は、世界で初めて人工雪の結晶を作った理学博士。先生の著作には、『雪』『雪は天からの手紙』『冬の華』など題名やイメージがロマンチックでうっとりするものがある。雪の結晶の撮影をするため、厳寒期になると十勝岳にある山小屋にこもったことなど、実際に身を運んで研究を重ねた博士の話に興味は尽きない。昨年だったか、銀座のエルメスギャラリーへ水をテーマにした展覧会を見に行ったときは、中谷先生の観測道具の展示もあって少し興奮した。その話を友人にすると、彼女もその展示に行ったと聞いて、ほんのりやきもちが焼けたのはいかなこと。自分だってその展示は見ているのに。中谷先生は自分だけの先生なのに、とでもいうことなのか。

とはいえ、随分前の夏に札幌へ出かけたとき、北大近くの公園辺りだったか、偶然中谷宇吉郎先生の業績に言及している石碑に行き当たった。その碑を前に、同行者とそのとき旅の案内をしてくれた札幌在住の友人に、誇らしく中谷先生を紹介したことがあった。まさか自分の碑でもないのに、これまたいったいどういう感情の動きなのか。情けないことに、あの石碑はなんだったのか、今は詳しく思い出せない。北大の中にある、雪の結晶をかたどった六角形の「人工雪誕生の地」の碑とは違うものだったと思う。旅の思い出も日が経つにつれ、薄らいでいき、いつかははかない雪の結晶のように消えてしまうのか。

雪の研究をした中谷先生は明治の人。いっぽう江戸時代に雪に魅せられたのは、古《こ》河藩《が》の土井利位《としつら》侯だ。冷やした黒い塗り盆に雪の結晶をのせ、当時技術の先端だった、まだ珍しい顕微鏡で観察してはその形を克明に記していった。その結晶の図柄は『雪華図説』『続雪華図説』の二冊の書物となって伝えられている。殿《との》の一連の作業に助力を惜しまなかったのが、家老の鷹見泉石《たかみせんせき》。様々な形に結晶した六角形の雪華図は、いつまでも見ていたいと思わせる、端正でいて、どこか温か味を感じさせるものだ。ただ、中谷先生は、著作のなかで繰り返し「六角形だけが雪の結晶ではない」「針状、弾丸状、鼓状とさまざまある」と説いてはいるのだが。

雪が降ると、すぐにこの二人の名前を思い出し、多少厳かな心持ちになりながら必ず外へ出て、その日の雪の様子を確かめるのが習慣になっている。

山に住むようになって、「お正月は真っ白ですか？」「もう雪はどのくらい積もっていますか？」とよく聞かれるが、この辺りは根雪になるほど雪深い場所ではない。冬は晴天が多いし、少し積もった程度の雪ならその日のうちに溶ける。二〇センチほど積もっても、日の当たらない部分にはいつまでも白く残るが、ほとんどは三、四日で消える。その程度の雪なので、たまたまその日に降らなければ、真っ白なお正月は迎えられない。

そうはいっても、雪に対する備えは必要。引っ越してきたのが秋の初め、その秋も深まるころ、庭に出ていたら、隣のご主人が声をかけてくれた。毎日でも外に出て広大な庭を相手に仕事に精を出している、働き者のご主人だ。うちが山荘を買ってから数年後に越していらしたから、もう山暮らしはベテラン中のベテラン。

「雪搔きスコップ持ってます?」

と聞かれたので、持っていないと答えると、そりゃダメだ、近く買いに行きましょう、ということになった。

数時間後、家にいると玄関に誰か来た。ドアを開けると、雪搔きスコップを持ったきれいな女性が立っている。

誰と会うか予想していないときなど、突然人に会うとよく知っている人でも一瞬、「誰?」となることがある。こういうときは、その人の顔に対する自分のなかのフィルターが一切かかっていないまっさらな状態で、脳は虚心坦懐に顔認識をする。大人か子供か、男性か女性か、きれいな人、かっこいい人、怖い人、弱っている人。その女性が玄関に現れたとき、顔認証ソフトがまず最初に打ち出した反応は、

「ん?　この美しい人は誰だ?」

顔認証ソフトはそれでも超高速で回転するので、一瞬のちにはそれが誰だかわかる。

隣の奥さんのA子さんではないか。三十年以上もおつきあいがあるというのに、瞬間に認識できないとはあんまりだ。ひとことで言うと、反応が鈍い。

とはいえ、A子さんはいつも実際に会うと、記憶しているよりも数段きれいなのだ。今日もまたハッとさせられた。

「雪搔きスコップ買いに行くけど、それまでこれ持ってて」

甘い声音で言ってもらい、感謝感激。

家の中に掛けておくのよ、と言われ、狭い家のどこに掛けようか思案しながらもなんとか場所を確保した。そうか、雪が積もって雪搔きしようと思っても、雪搔きスコップを外に出しておいたらそれを取りに行くために雪搔きをしなくてはならず、そのために雪搔きスコップを家の中にもう一本置いておかなければならない、となにやら禅問答のような状況になってしまうからだな。

後日お隣ご夫妻とともに近くにあるホームセンターへ行くことになった。近くといっても車で二十分ほどかかる場所だから、自転車ではとうてい出かけられない。

家を出て、どんどん坂を降りて行く。要するにこの場所は八ヶ岳の南側の広大な裾野に位置していて、地域全体が南へ下っていく緩やかな斜面なのだ。左右に広々と田畑が広がる道を進んでいくと、突然そのホームセンターはあった。こんな巨大な敷地の店へ来るのは引っ越して以来初めてで、建物の内外に商品が溢れんばかりに陳列されている。入り口前には、花苗、植木、庭仕事の道具にガーデンチェアなどがずらりと並び、中へ入ればさらにキッチン用品から大工道具までなんでも揃っている。まるで極楽だ。普段は自転車で行ける駅前の小さななんでも屋さんか、大きくてせいぜい道の駅くらいでしか買い物はしていなかった。ところにこのように巨大でなんでも売っていそうなお店。武者震いする思いだ。

まずは雪掻きスコップの売り場へ飛んで行き、A子さんに借りたのと全く同じタイプのものを確保した。木の柄に緑色の雪掻き部分、先端にはステンレスで縁取りがしてある。これだこれだ。

あとは花鉢、花苗、猫の餌、肥料などなどを購入。本来なら、引っ越してからしばらくはこういう店に日参して、家の内外を整えたいと思うが、何しろ足がないのでかなわない。踊る胸を鎮めて、その日の買い物はそのくらいにしておいた。

とにかくこれでひと安心。雪が積もっても大丈夫だ。雪でもあられでもドンと来い、というところである。

すると、けっこうドンと来た。もう二月になっていただろうか。一回目は三〇センチほど。滑らかな白い積雪面がどこまでも広がって、木の枝やベランダの柵もこんもり雪の帽子をかぶっている。

見とれてばかりいるわけにはいかぬ。朝ごはんを食べたら、いざ雪搔きだ。ボアシールつき編み上げビーンブーツを履いて、アルパカ帽子、綿入れジャケットを装着、いよいよ雪搔きスコップのデビューである。

まずは玄関のポーチ下から、アプローチへ向けて搔き進んでいく。あまり深くスコップを差すと地面の泥まで搔きあげてしまい、せっかく真っ白な積雪面にその泥をぶちまけて美観を損ねる。それはいただけないので、微妙な手加減で地面から限りなく薄く雪を残して、泥を搔くことなく搔きとった雪だけを脇に撒いていく。

アプローチまでの飛び石通路はなんとかうまくいった。が、それから先をどうするのか。この家は、表の道から細い私道にはいり、さらにそのいちばん奥の角を曲がった突き当たりにある。角から家までは未舗装の緩やかな下り坂だ。坂の上の角には通年住んでいるお宅があり、その角までは冬の間は無人だ。坂道の北側の家四軒はすべて別荘で、お正月はともかく、何もない冬にやって来るモノ好きはいない。ということは、この坂道はてっぺんの角まで自分一人で雪掻きをしなければならないのだ。これはたいへん。とはいえ、郵便屋さんや宅配便のお兄さんたちが来てくれる道は確保しておかないと。だいたい自分が歩く道を作っておかなければ、ゴミだって捨てに行かれない。やるしかないのだ。

気合を入れて、人一人が通れる分だけ、雪掻きスコップの幅で掻き進んで行った。覚悟はしていたが、結構なしんどさ。家一軒分の距離を連続して掻くのはかなりのホネだ。半軒分ほど掻いてはひと休み、ハァと一息入れて腰を伸ばす。幸いこの日は晴天で風もなく、寒さは大して感じなかった。逆に体を動かし続けていると、汗ばんでくるほどだ。寒風に吹かれながら雪掻きするよりもどれほど楽かしれぬ。

空を見ると真っ青。木の枝、枝先の細い梢一本いっぽんにも雪が積もって光っている。空の青と雪の白が美しい。どこも白い雪で覆われているので、辺りがいつもよりずっと明るい。まぶしいほどだ。地面の雪には木々の影が薄青色にのびて、きれいな模様になっている。

掻き進んで来た跡を振り返ると、まっすぐにトレイルをつくったつもりが、ゆるく蛇行している。そうなるもんなのかな。それにしても、自分が掻いてきた雪の中の一本道を眺めやる気分はなかなかいいものだった。山を歩いているときも、それまで歩いてきた道を振り返るとどこか懐かしいような愛おしいような気持ちになる。自分の掻いた道ならなおのこと。

休みやすみほぼ一時間、途中へこたれそうになりながらもなんとか坂道のてっぺんの角まで掻きあげた。角までたどり着くと、角のおうちの若いご主人がやはり雪掻き姿で外に出ている。こんにちは、と声をかけて、どこまで掻けばいいんでしょうねえ、と尋ねてみた。私道のところまででいいんじゃないですかねえ、と。見ると、角の手前のところまで除雪車が来て掻いてくれている。そうかあ。次は除雪車が我が家の方まで来てくれるように頼めるかどうか、地区班長さんに聞いてみよう。

考えてみれば、昔は家の前まで除雪車が来てくれていたではないか。当時は逆にそれが残念で、きれいな積雪面を破壊されたように思った。が、暮らしとはロマンチックばかり言っていられるものではない。

今日はこんなところで、と若主人と別れて自分の掻いた道を歩いて家に戻った。それにしても蛇行の甚だしい小径になってしまった。でも、いい小径。自分としては気に入った。あとで猫にハーネスをつけて雪中散歩に連れ出したほどだ。が、散歩などするつもりのない猫は小径そっちのけで、右に左にとルート逸脱を繰り返し、深く積もった雪にダイブし続けた。猫に雪の風流はわからなかろう。あらためてあとでもう一度、一人静かに蛇行の小径を角まで往復して満足した。カメラを持って出たので、雪の写真もたくさん撮った。

雪掻きスコップの使い勝手は上々、買いに連れて行ってもらって本当によかった。ところでこの日の午後、雪の道もなんのその、チェーンの音も勇ましく宅配便のトラックが我が家の前までやってきた。蛇行の小径もあえなく消失。やはり暮らしとロマンは共存がむずかしい。

このあともう一度、雪掻きスコップが出動する積雪があった。朝起きて、「ああ、また雪掻きに行かねば」と思っていると、窓の外に角の若主人の姿が。上から雪を掻いてきてくれたのだ。もう随分掻いてもらっている。坂道の中程まで進んでいる様子。慌ててスコップを手に、長靴に足を突っ込んで出て行った。

「おはようございます。ありがとうございます。こんなに掻いていただいちゃって」

「ああ、ついでですからいいんですよ」

ニコニコしながら、ご主人の手にしているのはずいぶん幅広の透明紫色の雪掻きスコップ。

「それは幅が広くてハカがいきそうですね」

「けっこういいんですよ、これ」

と言いながら、もう我が家のアプローチの取っ付きまで掻いてもらってしまった。

「ありがとうございます。ありがとうございます」

身も軽く坂道を戻っていく若主人にお礼を言って、あとは自分のうちの飛び石通路を玄関まで掻いて、この日の雪掻きはあっという間に終わった。

翌朝のことだっただろうか。驚いたことに除雪車が家の前まで来てくれていた。夜雨戸を閉めてからか、あるいは早朝だったのだろうか。気づかないうちに除雪車はやって来て、静かに雪を掻いてまた去って行ったのだ。どうもありがとうございます。

以上が昨冬の雪の話だ。この冬も積雪したら、除雪車は来てくれるだろうか。昔は冬も構わず年中来ていたので除雪車にも来てもらえたが、ここ何年も来荘していなかったので、除雪車だって人のいない家の前まで雪掻きはしてくれないのだ。これからはよろしく頼みます。


除雪車が来てくれてああよかった、くらいの雪ならよいが、今も人々の口にのぼるのが五年前の大雪。横浜でも大積雪になって、朝に夕に雪中散歩へ繰り出して大忙しになったドカ雪だった。「こんな雪だから、山の家の方はどうだろう。電車さえ動けば見に行きたいな」と思っていたその矢先に、管理事務所から早々のお達しがあった。「積雪が甚だしく、出掛けてきても家には入れない状態である」と。「しかるにやって

二

来てはいけない」。ということは、どんな感じなのだろう。ますます行きたい。想像はするものの実際見てみなくてはわからない。雪に埋もれた家を、見たかった気もするし、見なくてよかった気もするし。

「あの雪のときは、家から一週間出られなかった」

というのが、多くの人の話すところだ。積雪約一メートル、除雪車が間に合わず、幹線道路には来るけれど、個人宅の枝道までは来てもらえない。雪で車が出せず、籠城することになった、と。すると、やはり食糧と燃料は、少なくとも一週間分は常備しておかなくてはいけないということになる。そこまでのドカ雪はそうないだろうけれど。みな、「五十年に一度」の大雪だったと話してくれる。

この山の家に来るようになってまだ二、三年の、だいぶ昔のことだ。真冬に母と二人で来ていたら、二日めに大雪になった。二人で山の雨具を着て山靴を履いて、張り切って外に出た。ひと回り近所を散歩してから、玄関前に大きな雪だるまを作ることにした。歩くとキュッキュと片栗粉のような音がする、細かくてさらさらの雪だった。

ゆえに、雪玉転がしができない。いくら雪を握っても、玉にならずにバラけてしまうのだ。それで雪だるま作りをあきらめたかといえば決してあきらめずに頑張った。地面に雪の塊をドーム型に大きくしていくのだ。下段のドームができあがったら、上段に取りかかる。雪を少しずつ盛っては、バケツに汲んできた水をかけ、固めていく。

雪盛り、水かけ、雪盛り、水かけの二人の連携作業で、造成は進められた。

「こっちがまだへコんでる」

「いやここをちゃんと盛ってから」

と親子間の見解の相違が生じ、

「早く水かけて」

「もう少しここに雪を足しなよ」

「しっかりやるんだ！」

だるま作りの船頭二人は時に厚く積もった雪の上にひっくり返って笑い転げながらも、基本真剣に作業に取り組んだ。

その間も、雪はずっと降り続いていた。雪の降る中で雪だるまを作る。自称雪だるまコレクターとしては、これ以上望むべくもない状況だ。夢中で作って、身の丈およそ一メートル三〇センチのだるまができあがった。だるまの横に立って、記念撮影をしたのはいうまでもない。

しばらく前から雪だるまコレクションを始めていたところで、当時は海外へ出かけては目の色を変えて雪だるまグッズを買い集めていた。雪だるまにはなみなみならぬ熱情があったのだ。雪が降ったら雪だるま。鉄則だった。雪だるま作りなど、母もまあよく付き合ったものだ。当時は母もまだ若かった。今の自分よりも五、六歳は若い。思わず驚いて声をあげそうになる。

山の家が欲しくて、母は一人で富士山、八千穂、蓼科など別荘地を回って物件を探し歩いていたようだ。まだバブル前、それほど別荘も一般的ではなく、各地の別荘地の開発も本格的には始まっていなかった頃。よからぬ業者に騙されたり、買った土地にいつまでもインフラが敷かれずに家を建てたものの使うことができなかったり、などという話を聞くことも多かった、まだまだ荒々しい時代のことだ。山荘を買うなど、母以外の家族は誰も本気にせず、完全に人ごとだった。母の言うことにも大して取り合わず、話半分くらいで聞いていた。こちらは会社に勤めて間もない身で、休日の山歩きには時折同行していたが、山荘探しにそうそう付き合ってはいられなかった。眺めのいい土地があると聞いて行ったが、そこは水道の通っていない原野だった。一度決めかけたのを取りやめにしたこともあった。そのときも、母以外の家族は「ふーん」くらいに聞いていたのではなかったか。

それでも母は諦めず、最終的には場所を八ヶ岳にしぼって探し、土地の人が経営する良心的な開発会社と巡り合った。いい家を紹介してもらったからと、日曜日に家族で見に行こうという話になった。週日は会社に行っているので、日曜くらい家にいてのんびりしていたいと思っていた長女。山荘を買うなんて現実とも思えないことに、貴重な日曜を使ってつきあうなんて気が進まなかった。だいたい、うちにそんなお金があるの？　その業者にお金を払ったあと、騙されたって知らないからね。

その日、ほぼみなの支度が整い出発する段階になって、長女が「行きたくない」旨を表明したときの、母の残念そうな、少し腹を立てたような悲しげな顔を、今でも思い出す。

「いいじゃん、行こうよ～」

いつにない母の気迫と熱心さに気圧され、けっきょく家族四人揃って兄の車に乗り、中央高速道を走って行った。

見に行った家は、小さくて可愛かった。裏の方に小海線の線路が通っていて、それも母の気に入った要素だった。若い頃から山歩きをしていた母は、小海線に乗る機会が多かった。母娘で野辺山へ遊びに行ったり、松原湖から北八ヶ岳方面に登ったりしたことも度々あって、小海線は近しい存在だったのだ。

庭には山桜の木が二本。あとはろくに木も生えていない殺風景な庭だった。玄関脇に大きな赤松、裏側にコナラが二本。他はほぼ更地。園芸好きの母はさぞ腕が鳴ったことだろう。

家を見て、「これを買っちゃえば、今度のお正月みんなで来られるじゃない」の兄の言葉でみなが本気になり、あっけなく購入が決まった。

両親はともに静岡の人で、寒い土地に縁がなかった。兄がまだ幼稚園に通っているころ、横浜でドカ雪が降り、ちょうど二月の建国記念日の連休と重なったこともあって、家族四人で連日庭に出ては雪遊びをした。雪だるまも二体作り、雪合戦をしたり、そりすべりをしたり。断片的に、その雪の中で転がりまわってはしゃいだことは記憶にある。その雪遊びの様子を父が八ミリフィルムに撮ったものが残っていて、数ある家族映画の中でも名作の誉れ高い一本だ。この雪のあとしばらくは、近所の人たちに、「平野さんはあの雪のとき、いつ見ても家族揃って外に出て雪で遊んでいた」と言われていたらしい。父も母も、あんなに雪が降って遊べたのはあの時が初めてで、楽しくて仕方なかったのかもしれない。静岡から横浜に来て、最初の冬のことではなかったか。両親の年齢を思えば、父は当時三十代なかば。母は二十代だ。眩暈《めまい》をおぼえそうになる。

山の家を買って、最初の春彼岸だったろうか。もう四月になっていたかもしれない。

二

また家族四人で来ていたところ、夕方から雲行きが怪しくなってきた。思う間も無く雪が降ってきて、降ってきたと思ったらあっという間に辺りは真っ白になった。これは帰ったほうがいいのではないかということになり、急いで戸締り、水抜きをして兄の車で離荘した。さすがにもう春になっているし、雪がここまで降るとは思ってもいなかった。まだ寒さに、そして雪に対して初心な家族ではあったのだ。

雪はますます降るばかり。小淵沢《こぶちざわ》のインターチェンジから高速に乗れたものの、笹子トンネル前のインターからはチェーン規制が敷かれ、チェーン装着のない車は高速を降りるしかなかった。やむなく高速を降りる車の列が長く続き、どの車も「トホホ感」満載でみぞれまみれの路面を速度を落として慎重に下道に降りて行くのだった。

とにかくチェーンを買ってつけるしかないということになったが、沿道の車道具の店に寄っても兄の車に合うチェーンは売っておらず、これはもう下道をぐるりと回って帰るしかない、ということになった。兄が当時乗っていた車は巨大なアメ車のステーションワゴン、マーキュリー・クーガーだったのだ。「チェーンを」と近寄って行ったどのお店の人たちもみな、そのバカでかい車を一瞥しただけで、「あ、無理無理」

という目をした。

どのルートを走って家に帰ったかは忘れてしまったが、海の方まで大回りをしたイメージだけは記憶に残っている。無情にも無慈悲にも一向にやむつもりのなさそうな、頑固に降り続ける雪。夜の闇を走る中、ヘッドライトが作る丸い光の中だけに、その激しく降りしきる雪が照らし出されて、このときばかりは雪が少々憎く思えた。

こちらへ引っ越して来るまでは、「一人合宿」と称して一人で山の家に一週間ほど滞在することも多かった。絵本を仕上げたり、個展の準備をしたりと、まとまった仕事をするときには邪魔がはいらず静かななかで集中できる。ひとつ踏ん張らなければならないときは、道具と資料を背負って一人合宿に突入するのだった。「合宿所」にはいったら一週間なら一週間、ほぼどこにも出かけずにこもりきりだ。

三年前の冬、やはり書籍のために大量の絵を描くことになって、一人合宿でこの家にこもった。食糧は一週間分、持ちきれない仕事の資料や道具と一緒に宅配便で横浜から送っておいた。

二

そのときの仕事の内容は、昭和の時代にはあったが、今はもう消えてしまった仕事というテーマの本。カフェの女給、髪結いさんなどを一点ずつ描いていくというものだった。描くべき絵は全部で百点以上。暮れから始めてあと二十点ほど残したところでもはやガス欠状態で気力がなくなり、これは場所を変えて仕切り直したほうが得策だと判断して、二月上旬に合宿を執り行うことにしたのだ。

残っていた最後の方の項目は、社会の底辺に位置する仕事が多かった。これは、そうそう明るい気持ちで描けるものではない。東北地方の貧村から十歳過ぎの少女を買い取り、腰に縄をつけて関東まで連れて行く「女衒《ぜげん》」。奉公先に雇ってもらうために、若い男性が市に立つ「奉公市」。自然の厳しい雪国では、やはり生活もなかなかままならなかったのだと感じる。奉公市で恥ずかしそうに手ぬぐいを深くかぶってうつむき、自分を買ってくれる雇い主を待つ青年を描きながら、その辛さを思った。

机に向かって目線を上げずに仕事をしていたので気づかなかったが、しばらくぶりに顔をあげると、外は雪景色に変わっていた。せいぜい三十分ばかりのことだったと思う。人気《ひとけ》のない木立の間を縫うように、雪が次から次から音もなく降っている。べ

ランダに出て柵に積もった雪を見てみると、きれいに結晶した雪がひしめき合ってい
た。

中谷宇吉郎先生、ここでも結晶がたくさん見られますよ。八寸の黒い塗り盆を冷や
しておいて結晶を載せ、ルーペで覗いてみたくなった。

今朝の雪は午後になっても溶けずに白いままだ。西の雲は退き、全天晴れ渡っては
いるが、気温がかなり低いらしい。

三　寒さの章

寒い。山のふもと標高一〇〇〇メートルの場所に住んでいるのだから当然なのだが、それにしても寒い。

毎朝起きたときに室温を測る。壁に掛けた寒暖計の隣には、アト・ア・グランス、一年一枚のカレンダーが貼ってあるので、その日の欄に気温を書き込む。室温だから、まさか氷点下ふた桁まではならないが、冬が本格的になる年明けくらいからは三度、五度、マイナス一度、一度、〇度と連日けっこうな冷え込みだ。

とくに昨冬は寒かった。タクシーの運転手さんも、「零下十何度がこう何日も続くっていうのは珍しいよ、雪は大したことないけど、今年の寒さは特別だねえ」と言っていた。雪もけっこうすごかったと思いますけど。でも、昨年のあの特別厳しかった冬を乗り越えたのだから、これからどんな冬が来たって大丈夫か。一年目の越冬が自信につながるかどうか。

三

ここの寒さに慣れていないから、戸惑うことも多かった。朝は、北側の窓は凍りついて開けられない。窓が開くか開かないかでも、その日の冷え込みがわかる。昔は東側の窓も、お正月ころから真っ白に凍りついて開かなかったが、このところ東側の窓が開かないのは、本当に冷え込んだ冬の数日のことでしかなくなった。

凍ってしまうのは窓だけではない。コンタクトレンズの保存液も凍ってしまった。透明ケースの中で、凍った保存液に固められたコンタクトレンズ。おシャカにしたか、とヒヤリとしたが、装着したらなんでもなかった。寒さだけが理由ではないが、この春からは使い捨てのコンタクトレンズに宗旨替えした。が、これだって保存液に浸かっていることは同じだから、気をつけなくては。

洗濯物も、干している間に凍ってしまう。とくに糊付けしてあまり絞っていない麻のエプロンやシーツは、もたもたしていると、干そうとしている途中の形で物干し竿に固まって、そのままだ。いくら引っ張ってもならしても平らに広がらないので、なんだこれは? と思ったら、凍っていたのだった。

が、考えてみれば温暖な静岡は富士のふもとの田子の浦でも、昔は冬に洗濯物が凍ったと母が話していた。翻って、横浜で洗濯物が凍ったことなどあっただろうか。やはり、五十年前と今では気温がだいぶ上がっているということなのかと思い至る。

お世話になっている電設業者さんから、強力な暖房機能がついた寒冷地用の空調を勧められて、夏に設置した。空調だから、予約も可能。朝起きる時間までに部屋を温めておく方法もある。が、いまのところそうはしない。寒さに震えながらも、その寒さをどこかで味わっている気がする。せっかく寒いところに住んでいるのだから、寒さを体感、実感しなければ。この寒さを体で受け止めれば、多少は寒さに耐性がつくかもしれない。一日中ぬくぬくした部屋にいると、体が弛緩して免疫力がなくなりそうだ。とはいえ、起きている間は一日中過剰なほどに部屋を温めているので世話はないが。だからこそ、夜寝るときくらいは暖房を消して、朝、寒さに立ち向かって布団から出るくらいの気合いは持っていたい。命に関わるような寒さではないのだ。掛け布団二枚に毛布も掛けて、その上シーツの下にはあったか電熱シートも入れている。このうえ暖房したら暑さで寝られないかもしれない。

ただ、髪を洗った晩は、少しでも髪に湿り気が残っていると寝ている間に頭が冷えて凍りそうになる。これは危険なので、冬は髪を洗う時間を早くするか、寝る前ギリギリになってしまったときはドライヤーでよくよく乾かし、さらに用心のためゆるい毛糸の帽子をかぶって寝るようにしている。

よく、ヨーロッパの物語本の挿絵に、寝間着を着たおじさんが、寝るときに丸いポンポンのついた長い三角帽子をかぶっているのを見ることがあった。可愛くもないおじさんが、ワンピースのような寝巻きに三角帽子をかぶっているのが、見るたびに不思議で仕方なかった。が、あれはやはり寝ているときに頭が寒いからではないのか。そりゃあヨーロッパの冬の夜は寒かろう。と、毛糸帽子をかぶって布団にはいるようになって思い当たった。

「暖房は薪ストーブですか？」

とよく聞かれる。が、この家で使っているのは石油ストーブだ。寒冷地仕様の。しかも業務用カテゴリー。よく寒冷地の駅の待合室に置いてある、あの重心が低くて上に扇風機がついているタイプのストーブだ。上部についている扇風機で、熱風を四方八方に吹き飛ばし、室内を温める。どんなに寒い朝でも夜でも、これがあれば安心だ。スイッチを引っ張ってしばらく待てば点火する。簡単、安全。

が、このストーブはさほどに強力なので、冷え込む時季ならいざ知らず、少し部屋を温めたいときには少々向かない。温まりすぎてしまうのだ。そうなると、つけたり消したりで忙しい。そこで、昨秋引っ越してからもうひとつ石油ストーブを買った。クラシックな、アラジンのブルーフレームだ。ボディーは白。若いころ、横浜の山手で一人暮らしをしていた年上のお友達の家へ遊びに行くと、彼女の趣味のいい整った部屋には、グリーンのアラジンストーブがあった。かっこよかった。それ以来、憧れだったのだ。点火するときに本体の上半分を豪快に横倒しにするのにも驚かされ、ますます惹きつけられた。

このストーブの温める力は寒冷地仕様の熱風ストーブとは比べられないほどほんのりしているが、このくらいがちょうどいい季節がここでは長い。さすがにこのごろの夏は必要ないが、二、三十年前までは、夏でもお天気の悪い日は冷んやりして暖房が欲しいことがあった。今も十月から六月までは、ストーブは欠かせない。

待望のアラジンストーブが届くと、山手のお姉さんが使っていたのと違って、今のモデルは本体の周りにステンレスの柵がついている。この柵がついていると、見た目がまったくアラジンらしくなくて気に入らない。説明書を一ページ目からじっくり読んでいくと、掃除のためにこのステンレスの柵は外せるらしいことがわかった。まだ新品なので掃除はしなくていいのだが、掃除をするフリをして、柵を外した。そして戻さなかった。すっきりした。「柵は外さないでください」と説明書には記してあるが、小さい子供のいる家でなし、気に入らないものが部屋の中にあるのは堪え難いので、このままでよいことに決定した。

火をつけている間はやかんも乗せられるし、煮豆もできる。部屋に陽射しがはいると、床にアラジン型の影が落ちて、その周りを陽炎《かげろう》のような暖気が威勢よく上がっているのもまた影になって見える。こんなにもあったかくしてくれているのだ、とそれを見るとさらにありがたく思う。

寒冷地仕様とアラジンブルーフレーム、ふたつの石油ストーブはそれぞれ役割があって活躍してくれている。

寒冷地仕様のストーブはこの家にはじめからあったもので、年齢にすれば三十五歳ほどになる。今も現役で喜ばしい限りだ。が、この冬だいぶ冷えてきて、そろそろアラジンと併用しようと、布カバーを外して久しぶりに点火したところ、青色をしているべきバーナーの火が、橙色《だいだい》になっている。よく部屋の空気が悪くなると橙色の火が混ざるので、窓や部屋のドアを開けて空気を入れ替える。するとすぐにまた青い炎に戻ったのだが、今回は様子が違う。いくら新鮮な空気を部屋に入れても、いっこうに炎は青くはならず、橙色の炎がおさまらない。すべての火が橙色なのだ。

これはいかなこと。取扱説明書をよく読んで、解決策を探らなければ。両親がこの家にある家電類すべての取説を収めていた分厚いファイルを押し入れから出してきた。ストーブの取説を探すと、すぐに見つかった。説明書には、「橙色の炎が出る」ことに関して三項目の解決法が載っていた。そのうちのふたつはとても専門家でなくてはできそうにない、炎を出す機械の心臓部を分解掃除するというもの。これは荷が重すぎる。直そうとして、逆に機械を破壊してしまいそう。最後に残った、いちばん単純でわかりやすい「バーナー部分の埃を取る」という項目を採用し、問題解決を図ることにした。

が、これにしたってかなり手のかかる作業を経ないとバーナーにまでたどり着けなさそうだ。スイッチカバーのネジを二本はずして、カバーの中のコネクタを抜き、そのあと上部の扇風機もろとも外枠をすべて外して、バーナー部分をむき出しにして掃除をするというもの。結構な手順ではないか。とくに「コネクタを抜く」というところが恐ろしくもあり。だが誰もやってくれないので挑戦するしかない。

説明書は懇切で、手順に沿って少々古風な説明文が載せられている。添えられているのがモノクロ写真で、この画像が暗くて荒くて今ひとつはっきりせず、作業を進めるのに戸惑うことといくたび。三十年で、こんなにも取説は変化するものなのか。が、この三十数年といえばデジタル以前と以後に分かれる。その違いが相当なものになるのも当然のことだろう。家電を始め、いま取説の改善には目覚ましいものがある。まさに、隔世の感。

など感慨にふけっている場合ではない。説明どおりにドライバーでスイッチカバーを外し、恐る恐るコネクタを抜き、外枠を留めてあるネジもすべて外して、扇風機もろとも外枠を取り外した。すでに息切れ状態。もう十分ひと仕事した感がある。とはいえ、休んでいる場合ではない。バーナーの掃除に取り掛からねば。

掃除をするのになんの邪魔もない、いまやむき出しになったバーナー。見た目には埃がたまっているようにも詰まっているようにも見えないが、目に見えない細かな埃が積もっているのだろう。掃除機と手箒を使って見えない埃を手厚く取り除いた。はたしてこれで橙色の炎は消えて、青い炎で燃焼してくれるだろうか。

掃除完了で、またオドオドと重い外枠を上から落とし込んでネジでとめ、スイッチカバーの中のコネクタを差し込み、カバーをネジでとめ、すべてを元に戻した。そして、動悸をおぼえながらも点火してみた。重いスイッチを引っ張ってから点火するまでの数分間、固唾を飲んで待っていると、いつもどおりの大きな点火音とともに青い炎が十列ほどのバーナーに美しく並んだ。やった。おめでとう。きれいな炎になったね。お疲れさま。

このストーブの小さな爆発音をともなう点火の瞬間は、慣れていないと少々驚かされる。若いころ、よく友人たちが集まって何日か過ごすことがあった。冬、火のついていないストーブの周りにみなで集まっていたときのこと。少し寒くなってきたので、点火のスイッチを引いた。「ストーブつけたよ」とは言ったのだが、しばらく間があくのでおしゃべりしている間にストーブのことなどみんな忘れてしまう。そんな隙をつくように、ボッという音を立ててストーブが点火した。その瞬間、驚き飛びのいて二、三メートル後ろへ転がったのは、いつもはクールでかっこいいT君だった。悪いことをしてしまった。T君の名誉のために、いま彼は音楽家として立派に活躍されていることを、ここに書き添えておく。

さていっぽう、薪ストーブ。これはとても自分一人の手には負えなさそうだ。薪の調達がまず大変。売ってはいるが、買うとなると結構な値段になるという話だ。どこかで分けてもらうにしても、足がないからそう遠いところへは行けない。背負《しょ》い子に薪をくりつけトボトボと、などとなるとそれこそ二宮尊徳、金次郎先生ではないか。それに、薪ストーブは火をつけてからしばらくたたないと部屋が温まらない。薪ストーブを焚いた部屋は格別暖かいと聞くけれど、負担や手間が多いのも事実。時間にもお金にも余裕のある二、三人暮らしならまだしも、一人であたふたと過ごす日々ではとてもマネージできそうにない。

もちろん憧れはある。木の燃える匂いは甘美で、気持ちも安らぐだろう。薪の燃える音もいいだろうな。揺れる炎を見ているだけで、時が穏やかに過ぎていきそうだ。薪をストーブにくべる、という行為もやってみたい気がする。火掻き棒なども操ることになるのだろうか。が、出掛けるときにも火が消えたかどうか気がかりだし、寒い表に出て薪割りするのも難儀だ。

あれは薪ストーブではなく暖炉だったが、映画「マンチェスター・バイ・ザ・シー」では、小さな火種が悲惨な火事につながる話だった。その怖さに恐れおののく。怖がり、そして心配性の自分には、火の扱いはなるべく簡略なものにしておいたほうがよさそうだ。

三

　凍るといえば、冬は軒につららができる。雪が降って、屋根に積もった雪が、軒に滴《しずく》を垂らし、少しずつつららを形成していくのだ。昨日はまだ短かったものが、翌朝起きるとさらに伸びている。翌朝はもっと。ずらりと並んだつららは、陽が昇ると暖気に当たって滴を垂らし、少しずつ溶けていく。透明で尖った形がずらりと並び、陽を透かして光る軒下の芸術。冬にしか見られない、寒さがもたらしてくれる贈り物だ。

　つららは、錐《きり》のような尖った形ばかりだと思っていたが、いろいろな形状があることがわかってきた。家の北側に生えているダンコウバイの枝につくつららがいつも面白い。この木は丈が二メートルくらいだが、目線かそれより下にも横枝を広く伸ばしている。軒から滴が垂れる位置にも枝が広がっていて、この枝につららができる。斜め横に伸びる枝には、まるで緞帳《どんちょう》のように横に長く氷が下がっている。あるいは氷のオーロラ。みごとに透明な一枚板だ。まさに「板つらら」といえよう。

　と思えば、枝の分かれ目には握りこぶし大の氷ができている。クリスタルのように透明で、氷で固められた中に枝が透けて見える。なめらかな表面のこれには「玉つらら」と命名したい。雪国の人にはこんな変わりつららもお馴染みのものなのだろうか。関東平野のバカッ晴《ば》れの冬で育ってきた者には、珍しくてたまらない。

つららだけでなく、当たり前だが氷も張る。ベランダに小鳥用の水を入れた皿を出しておくのだが、朝には全面的に凍っている。氷が張る、程度のものではなく、底まで結氷。球根を植えた鉢に水をやったら、その場でどんどん凍るので、土の下の方まで水が行ったどうか心許ない。

以前、冬に来たときにうっかり花瓶に水を入れたまま帰ってしまったことがある。当然中の水は凍り、膨張し、花瓶の表面を覆った釉薬を粉々にした。次に来荘したとき、花瓶の周りに白い粉が落ちているのでなんだろうと近づいて見てみたら、みごとに青磁色の釉薬《ゆうやく》が細かく砕けて剝落し、白い裸にされた素焼き状態の花瓶が寒そうに鎮座していたのだった。

水はことごとく凍るので、冬季に離荘するときは、水道管内の水抜きが必要となる。水をすべて抜いておかないと、中で水が凍って水道管を破裂させてしまうのだ。冬に来て、また帰るときは、だから大変だった。二人で来たときは家の外と中に一人ずついて、一人が外で水抜き栓や通水栓を操作して、中の人が「来たよ」とか「抜けたよ」など確認しあえるのだが、これを一人でやるとなると、何度も家の中を出たり入ったりしなければならない。

家中のどんな水も残してはならない。徹底的に流して落として吸い出しておく。洗面所シンクの下のU字管の水も、U字の底についたねじ込みキャップを外して落とす。台所のシンクの中の水キャップの水もスポンジで吸い取りカラにする、トイレのタンクの水もカラになるまでペダルを踏み続ける、などなど。外にある風呂釜も、黒いゴムの栓を外して中の水を落としておく。外した栓は元に戻さず、なぜだか玄関に置いておくように管理会社に教わった。水抜き栓を開いて家中の水を全部抜き、通水栓が「閉栓中」になっていることを確認し、これでようやくおしまい。

が、この作業をした後にどうしても土埃で汚れた手を洗いたくなる。家の内外をあちこち回って作業し、外の地中にある水抜き栓の操作までしたのだ。とはいうものの、もはや水は通っていない。手を洗う水がない。これでは困るので、何度か経験したのちに学習し、水抜き作業をする前には洗面器に一杯水を汲んでおく、ということを習慣づけた。ただ、この水も手をゆすいだあとまたシンクなどに流しては元も子もないので、必ず外に撒く。

家にいるときは、ではなぜ冬でも水道の水は凍らずにいるのか、というと、水道管を電熱ヒーターで温めているからだ。家の水道管がある場所にはそれぞれヒーターがついていて、冬場は常に凍結しないように温めている。そのことをあまり理解していなかった頃、冬に来て朝起きると洗面所の水が出ない。どうしたことだろう、と管理事務所に電話したら、すぐに見に来てくれた。車を降りたSさんはスイスイと玄関の前までくると、家の中に入らずにすぐに裏に回って行った。洗面所のある場所の外壁の部分だ。室内を見なくていいのかな、と思っていたら、そこにある電源プラグが一本抜けていて、黒いコードがぶら下がっていた。

「これが抜けてたんですね」

プラグを差し込んで、おしまい。このコードは水道管ヒーターのもので、これが抜けていたら水が凍って出て来ないのだ。今まで、家の外壁にいろんなコードが出ていて、プラグが差し込んであるのを、これはなんだろうなあと思うところまでいかずにいつもぼんやり網膜に映していただけだったのだが、これがその水道管ヒーターの元だったのだ。左様に家のこともよくわからずに山荘を使っていたわけだ。こんなこともわからずにいて、プラグを差し込めばいいだけだったのに管理会社に来てもらうなど、恥ずかしい限りだった。

この水道管ヒーターがあるため、長い時間水を出さずにいた朝などは、しばらく水道管内の水が温められていたために、熱い湯が出てくる。

「あれ？　お湯が出るの？」

と思うが、これは最初のうちだけで、すぐに熱い湯は水に変わって、あと出てくるのは冷水のみ。

そう、水のみだったのだ。ずっとこの家は。給湯器なし。それが三十年以上続いていた。山荘としてたまに来て使うだけなら、まだ楽しめる範囲だった。しかしこれが毎日の生活となると、そんなことも言っていられない。寒冷地の暮らしで、蛇口をひねってお湯が出るのは、それほど贅沢ではないだろう。

今まで冬に来たときは、それなりに工夫してお湯が出なくてもなんとかやってきた。台所では、やかんにお湯を沸かして洗い桶に足しながらお茶碗を洗ったり、朝起きて顔を洗うときは洗面所にコップ一杯のお湯を汲んで持って行ったりした。

お風呂場にも、水道の栓こそあれ、あとは壁につけられたお風呂を沸かす風呂釜用のタイマースイッチのみ。シャワーなんてなかった。いくら三十何年前とはいえ、すでに一九八〇年代。一般家庭だったら台所の給湯器、お風呂のシャワーは当たり前以前のことだった。なのにこの家は、当然以下の最低限の設備しか備えられていなかったのだ。

猫を連れて越してきたのは秋彼岸だったので、あとは日に日に寒くなるばかり。急いでインフラを整えないと。まずは台所に給湯器をつけてもらうことにした。同時に三十年選手のガスコンロもガタガタだったので交替、オーブンもつけることにした。ガス屋さんに来てもらい、給湯器やガス台、オーブンのカタログを見ながら相談して、設置する型番や外壁の設置場所などを決め、十一月になってから工事となった。これで台所周りは落着。

次は浴室と洗面所だ。こちらにも給湯器は必須。

洗濯に使う水は、浴室からホースを伸ばして使っていた。洗濯機はこの家を買ったときにほかの家具家電と共に持ってきたもの。しかもそれは父の単身赴任先の大阪で使っていたものだから、すでに四十年ほどたったシロモノだ。ボディーに記されたエンブレムには「National」とある。二槽式だ。が、元気に稼働しており、洗濯機としては何も問題ない。が、二槽式。冷たい水にさわらなくていい全自動洗濯機なら水だけしか出なくても気にならないだろうが、洗濯、脱水、すすぎ、とそのたびに冷水満杯の洗濯槽の中に手を突っ込み、洗濯物を引っ張り出すのは難行苦行だ。寒くなるにつれ、なるべく洗濯をしたくないので洗濯回数が減り、とはいっても洗濯物の量は変わらない。けっきょく毎回山ほどの洗濯をせんならんことになり、冷水に手を浸けることいくたび。洗濯が終わるころには両手は真っ赤、指先が腫れぼったくなって、すぐに絵を描く仕事など始められない状態だった。ここまで日々の暮らしに影響するので、浴室と洗面所の改善にも急を要するのだった。

が、モタモタしていたら年明けになってしまい、寒中にはいるととうとう風呂釜がへたってきた。点火しても一分くらいで消えてしまう。湯沸かしのタイマーが切れたので、お風呂が沸いたと思い脱衣して風呂蓋を開けると、まだぬるま湯、いや温《ぬる》んだ水、くらい。これを沸かし直す間にもう一度服を着るのも癪なので、ロシアのおじさんたちがしている氷水にはいる沐浴行事や、お坊さんの寒行の水垢離《みずごり》などを思い、肚《はら》を決めて湯舟に入った。すぐに風呂沸かしのタイマースイッチをひねって点火する。寒い、冷たい。はやく沸いてくれ。風呂釜から、熱く沸いた湯が出てくる口になるべく身を寄せて待っていると、プクッと大きな泡とともにひとかたまりの温かな湯が出てきた。ありがたや、と思う間もなく燃焼音が小さくなり、火が消えてしまった。しっかりしろ、とばかりまたタイマースイッチをひねり点火させると、瀕死の風呂釜はまた一度プクリとお湯を出して、静かになる。これじゃあこっちが死んじゃうよ、と思い、浴槽の中で体をなるべく小さく丸め、風呂釜口にへばりついたまま、タイマー、点火、プクリ、を何十回となく繰り返し、ようやく体を温められるまでの湯温にした。工事まで、あと二日という日の晩の話だ。

二日後、ガス屋さんに来てもらい、新しい自動スイッチのある風呂釜と給湯器がついた。これで洗面所でもお湯が使える。洗面所の蛇口も、ホースを取り付けられる型に替えて、浴室ではなく、洗濯機の隣の洗面所から水を取れるようにした。

浴室の壁についた新しい自動スイッチは、たくさんボタンが付いていて、お湯の量も温度も設定できる。自動でお湯も汲んでくれる。が、考えてみれば横浜の家の風呂はもう三十年前にそうなっていた。ようやく、山の家にも同時代がやってきたということか。

台所側の給湯器とガスコンロとオーブンは、従来どおりにプロパンガスを、浴室側の風呂釜と給湯器は、これも以前と変わらずに灯油を燃料にすることにした。プロパンのガスボンベは今までよりも大きくなった。両方をプロパンガスにすることも検討したが、現状維持。

最初は浴室の給湯器を台所でも共有することにして一台でまかなおうかという話も出た。ただ、浴室と台所は家の対角線上にある。そんな遠いところからお湯を運んでいると、その間にお湯が冷えてしまう。やはり別々にしようということに落ち着いた。風呂釜用の灯油のタンクは、以前より数倍容量が増えて、大きく立派になった。今まで使っていたのは容量が二四、五リットルだったところ、新しいタンクは容量九〇リットル。見るだに頼りがいがあって安心だ。

これでようやく火と水関係のインフラが整った。ただ、給湯器も風呂釜もかなり複雑なつくりで、水抜き栓が合計で二十くらいもありそうだ。そんな水抜きを、果たして自分でできるだろうか。冬に長く家を空けるときも、電源は落とさずに行くしかないだろう。いや、冬にどこかへ出かけたりしない。猫をおいてはどこへも行けないのだ。

別荘によっては、水抜き作業を管理会社に依頼する家もあると聞く。水抜きくらい自分でやれ、と思っていたが、このような複雑な機械がはいると、確かに自分の手には負えなさそうだ。あまりに単純簡素なインフラだったからこそ、自分で水抜きができたのかもしれない。便利さ、快適さには必ずこのような裏の面がある。

待望の給湯器、洗面所からもお湯が出て、洗濯機にも短いホースでつなげるようになった。が、洗濯機に使うのは、冬になっても昨冬と相変わらず水だ。ただ、気分が全然違う。冷たい水に手を入れても、隣の蛇口をひねればすぐに温かいお湯が出ると思うと、前のように苦にならないのだ。水の冷たさは変わらないのに、心持ちが違う。冷水で固まった手を、ではお湯で温めるかというとそれもほとんどしない。水しかない、水しか出ない、という寄る辺ない辛さが、冷水を我慢できない心持ちにしていたのかもしれない。自分でもこんなふうになるとは想像していなかった。給湯器をつける前は、お湯が出るようになったら洗濯でもなんでも、じゃんじゃんお湯を使おうと意気込んでいたのだから。

お隣夫妻と、ホームセンターへ雪掻きスコップを買いに行ったとき、ホームセンターと背中合わせにある、やはり巨大スーパーというか、ショッピングモールへも行った。

そのなかで、A子さんが連れて行ってくれたのが一隅の婦人洋品店。これがまた最高に興奮した。あったか下着から、あったかズボンに厚手タイツ、防寒巻きスカート、防寒部屋着、などなど、冬の寒さに備えるためにあったらいいだろうと思うものが揃っている。そのうえ、どこかモダンな趣味。スワロフスキー様のビーズがあしらわれて一部おさえめなフリルのついた黒い上下もあった。

「これ似合いそうじゃないですか～」

とA子さんの胸にその黒い上下をあてると、

「え～、わたしそんなの着ない～」

と逃げられた。

「これは？」

もっと派手なのを見つけて勧めると、

「だから着ませんって～」

そんなふざけたやりとりもしたが、買い物には本気を出した。吟味して購入したのは、短い丈の防寒巻きスカートを色違いで二枚、あったかい黒のズボン下、パジャマの上に着る丈の長いキルティング裏のフリースガウン、ロング丈の起毛フリース巻きスカート。これはすべて昨冬、そしてこの冬も大活躍だ。

「寒いところだから、防寒機能のあるものが揃っているでしょう？」

いいお店を教えてもらった。


実際のところ、夏以外は登山用の下着上下を使っている。厚手薄手の使い分けはするものの、ほとんど通年必要だ。寒くなったらソックスを重ね、さらに室内履きを履く。入浴後も、パジャマを着たらすぐにあったかソックス。冬はほとんど山用のウェア、あとは母が編んでくれた極太毛糸の編み込み模様セーターを着用。

外に出るときは、靴も防寒タイプを使う。ボアシール付きのビーンブーツか、寒冷地用ゴム長靴が活躍する。駅前の靴屋さんで買った冬用のゴム長はたいへん具合がよい。内側全体に防寒用のふかふかしたクッションがついていて温かく、底はビブラム状にギザギザ。積雪時、また路面凍結時に使うため、開閉できる滑り止めの爪が装着してある。雪が降ったときにはそのツメをカチャリと開き、ちびアイゼンとして機能させることができるのだ。

寒冷地仕様の衣料品は、探せばほかにもあるだろう。この冬ほしいと思っているのは、防寒用の耳当て。駅前通りの履物屋さんの筋向かいにある、いまだ店内に人影を見たことのない婦人服店を狙っている。お店の中には、帽子を並べたワゴンが置いてあるのがうかがえる。探してもらえば耳当てのひとつふたつは在庫があるのではないか。

寒さから身を守る法はいろいろあって、まだまだ研究途上だ。身に付けるものもそうだが、それと同時に体自身を寒さに慣らして、寒さに耐性を持つようにしなければ。カレンダーに一〇度以上の室温を記せる季節が待ち遠しい。今日から大寒、お彼岸まであと二ヶ月の辛抱か。

I LOVE 小淵沢

秋

ヤシャブシの実。
タワシみたいでかわいい。
檜皮葺きの屋根にも似ている。

スイカズラの蔓でリース。
白い花のあとになる実は
まっ黒。

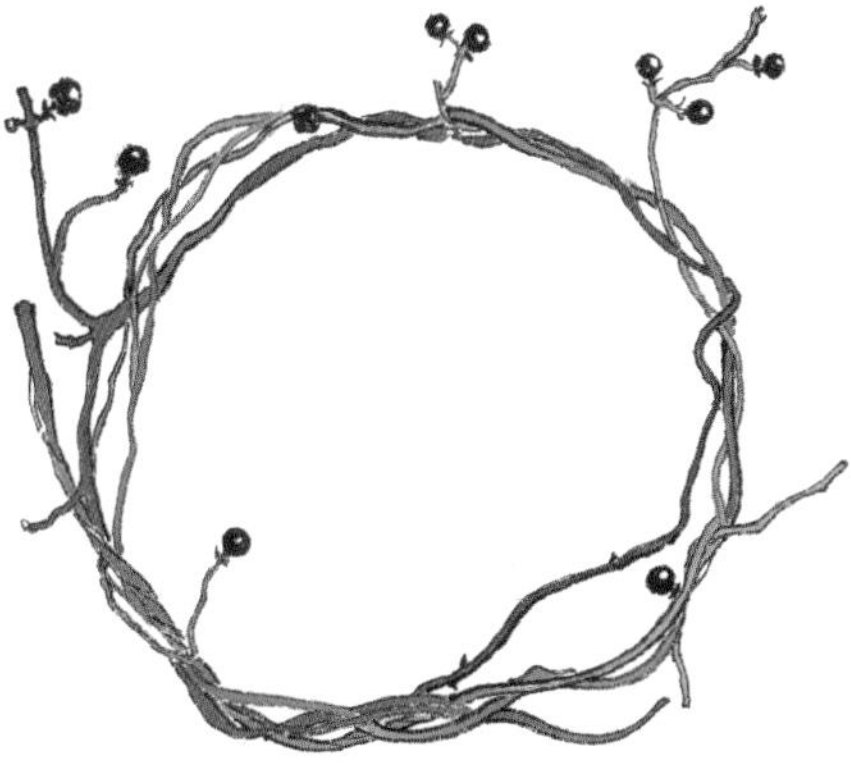

野バラの赤い実は価千金。
つやつやと愛らしいけれど、
凶暴なトゲには要注意。

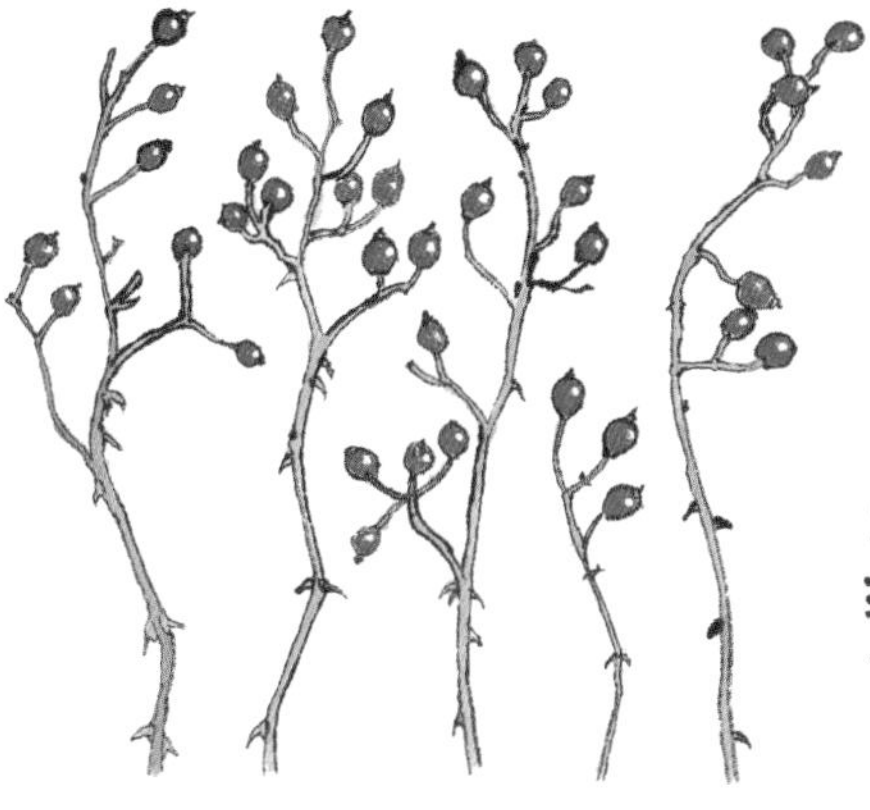

ヘクソカズラの実。
黄金色に輝く草原の宝石でござる。

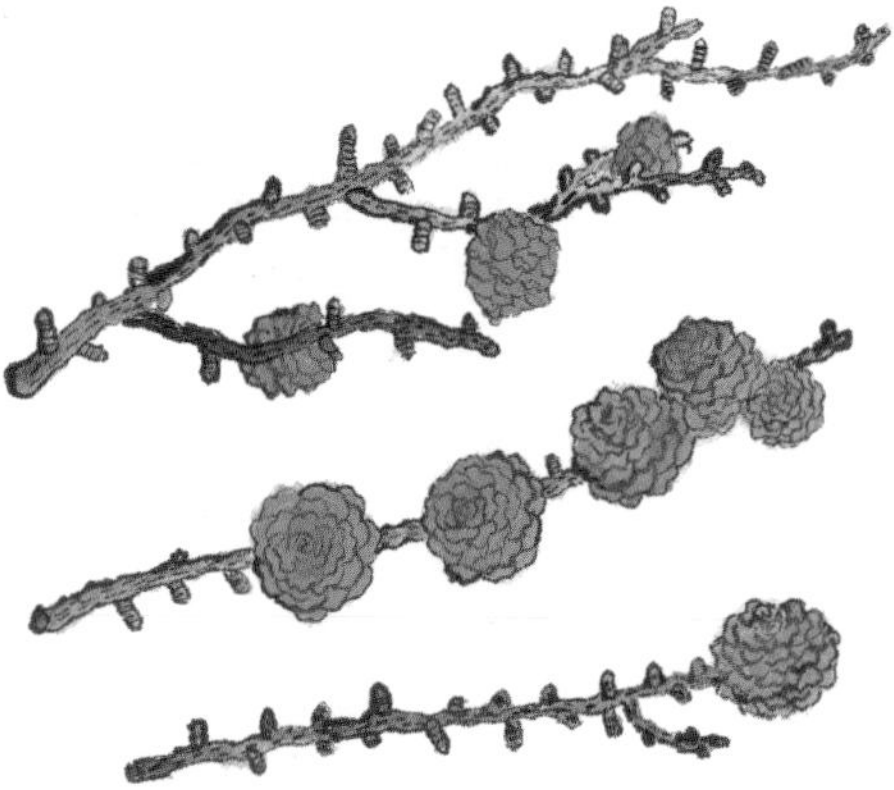

バラの花のような
落葉松《カラマツ》ボックリ

シラカバの花のつぼみと
新芽のミイラ化。
てっぺんのつぼみは、
ピースしてるみたい。

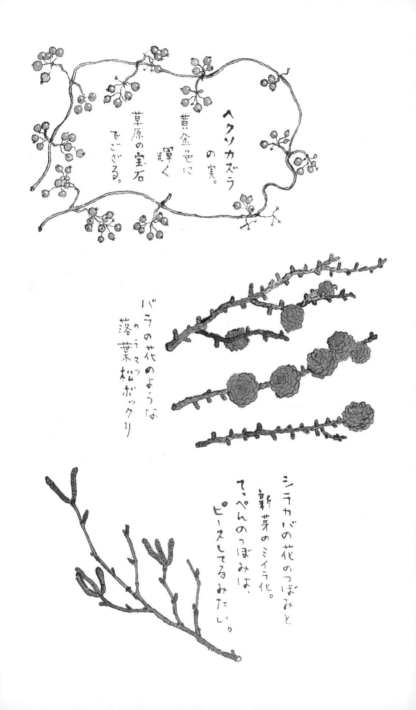

赤松の
ボックス。
見つけると、
つい拾って
ポケットに入れて
帰る。
故に、
家には
ボックリが
山ほど。

燃える
紅葉。
落ち葉
拾いを
していると、
心も
さらに
燃え
上がる。

秋ペッパーバラエティ。
色がきれいで美味。
炭火焼きにて。

いちじく熟して
いただきます。

初めて
つくった
干し柿。
かなり
成功した。
皮むきが
大変
だったけど
作って
よかったな。

紫色の粒々。
紫式部の実。
枝を摘んでじっと
見た。

パカッと割れた殻が
すてきなツルウメモドキ。

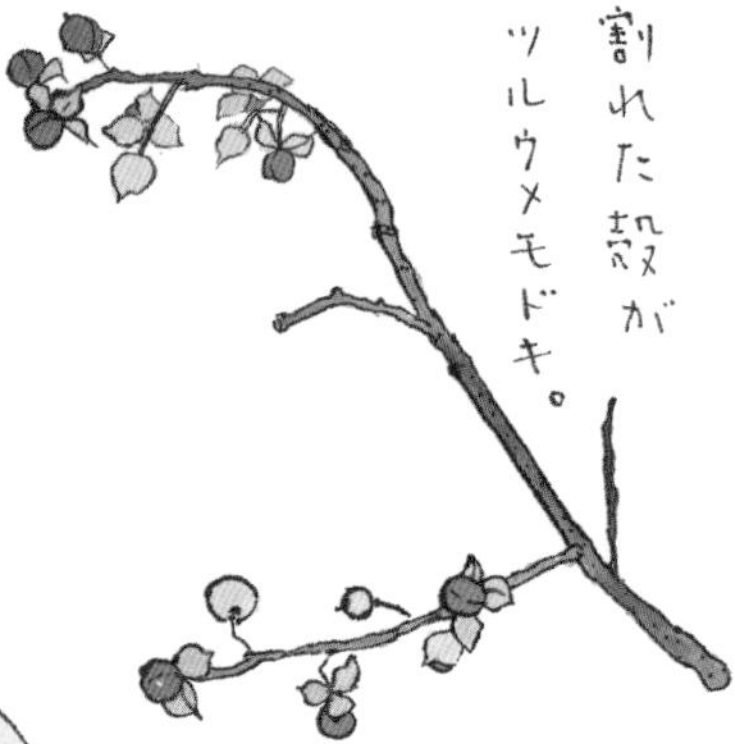

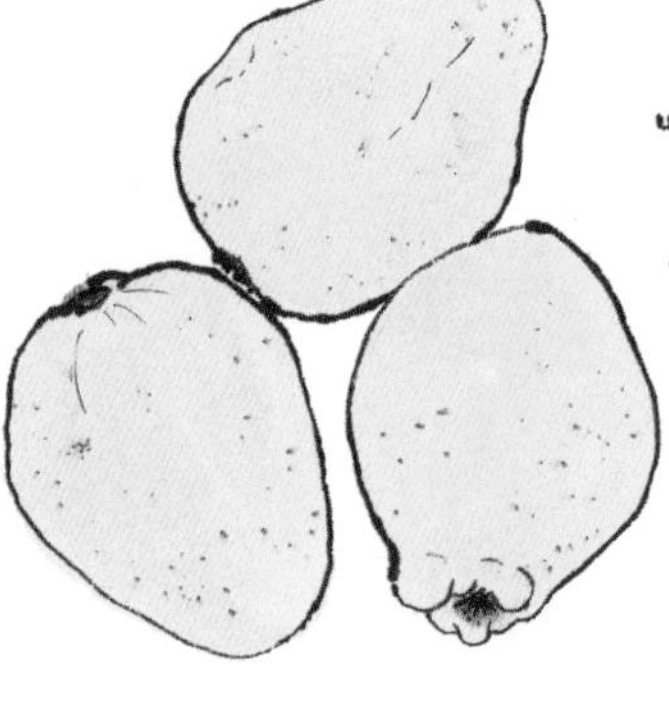

バラのような香り。
花梨の実。
蜂蜜漬けにして
喉の薬に。

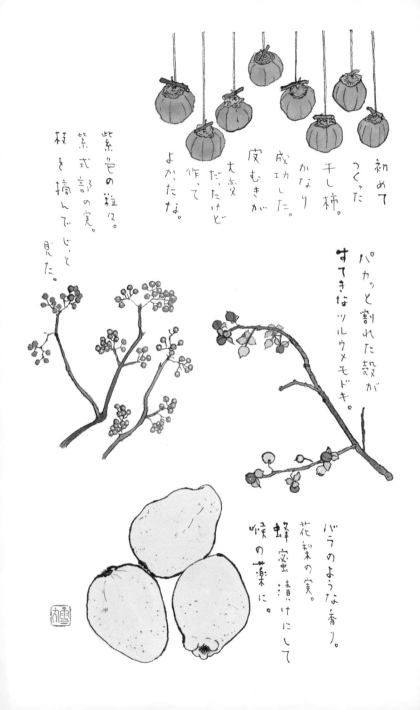

I LoVE 小淵沢

冬

こちらは花菖蒲の種がら。
飴色のような
渋さがヨイ。

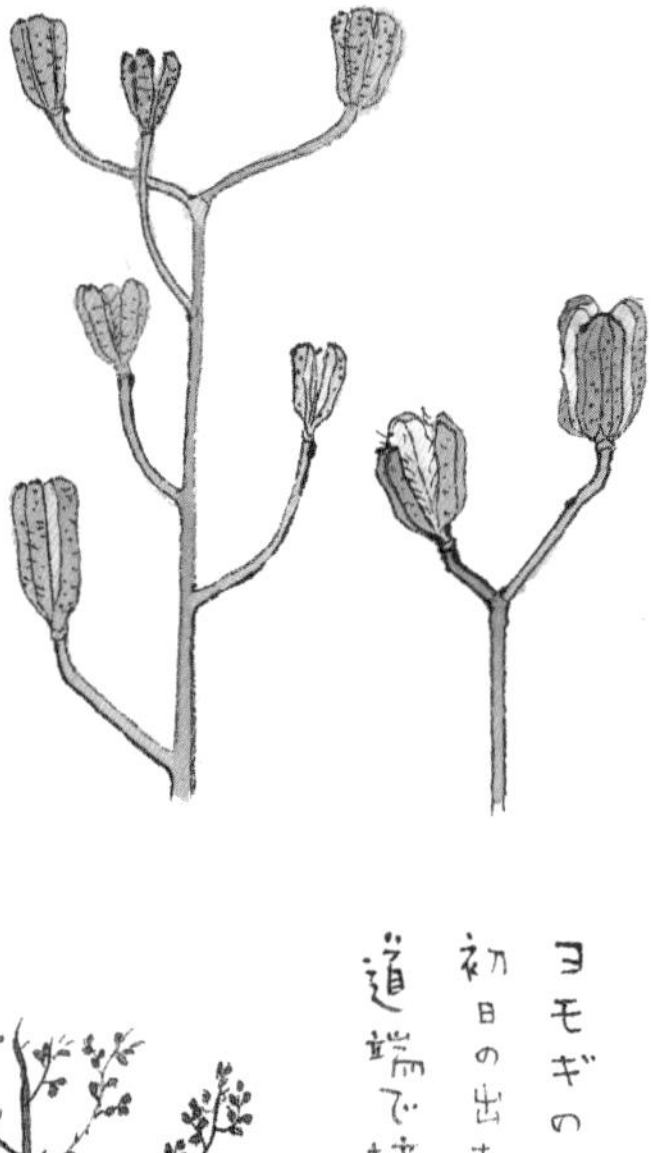

百合の種のさや。
うまくできた照明器具の
ような造形。

これは何の花がらだろう。
忘れてしまった。
上向きの吊り鐘形が愛らしい。

ヨモギの花がら。
初日の出を見に行った帰りに、
道端で摘んできた。

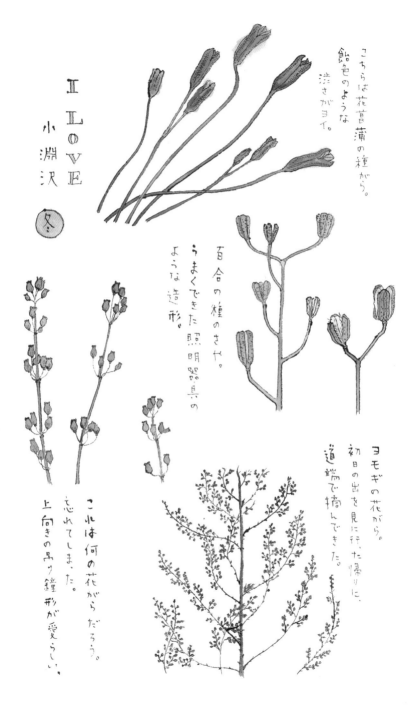

花火のような形の
レースフラワーの種。
たくさん芽が出ますように。

ススキの穂がら。
種もすべてとれてしまい、
完全なる枯れススキ。

色の抜けたアジサイの花がら。
冬になっても枝先に
ついたまま。

雪が降って裸木も
真っ白き花をまとう。

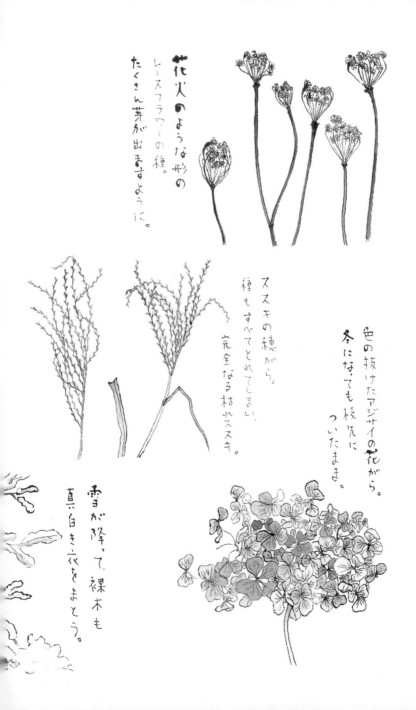

小さなランタン。
ろうそくをつけて
吊せば、
炎がユラユラ。

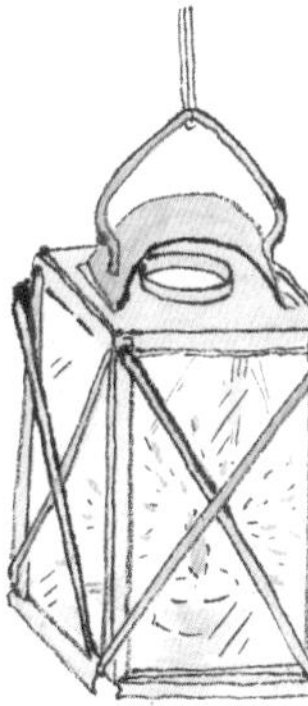

ベランダの餌箱
にも雪が降り積もり、
近所の小鳥さんたち
大集合。

ロッジのダッチオーブン。
只今燻製づくりに
活躍中。

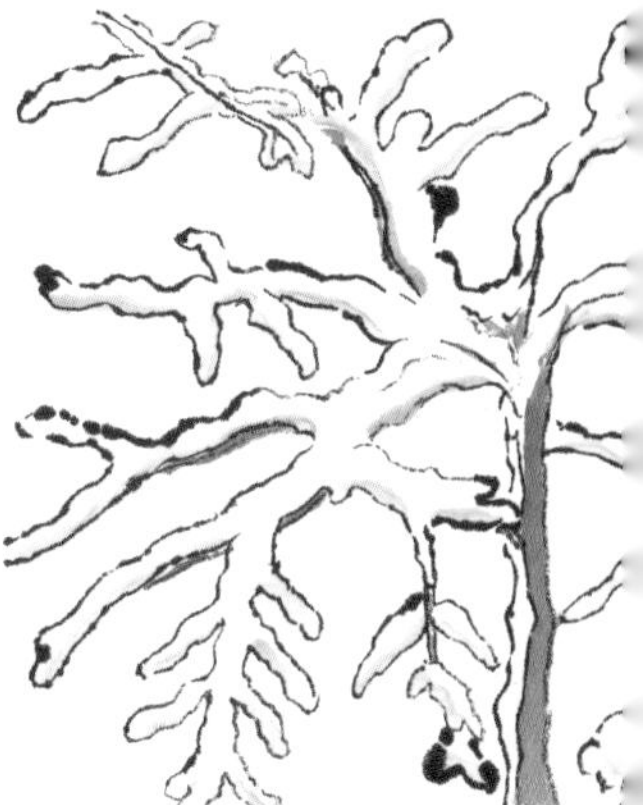

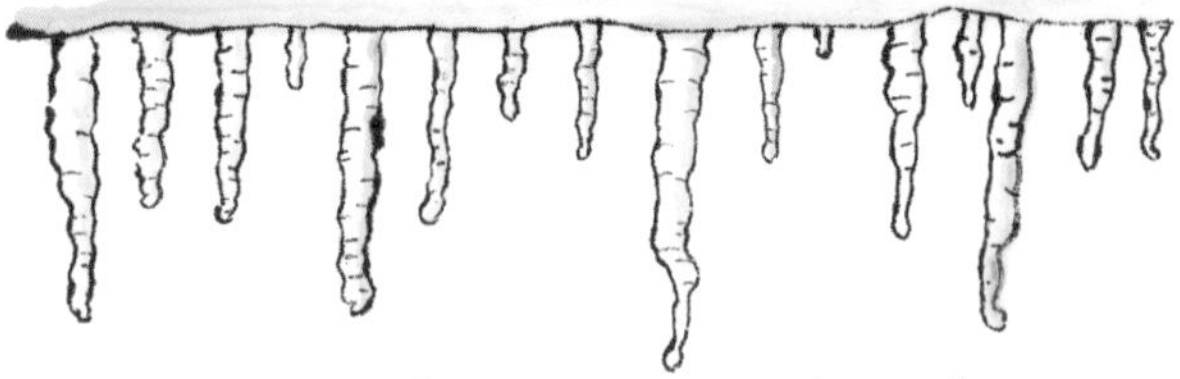

積雪のあと、
軒下に
できた
チビつらら。
このあと
大きく育つ
かな？

いつまでも部屋で
ぬくぬくしていないで
雪掻きを始めよう。
愛用の
ポリスコちゃんを
駆って。

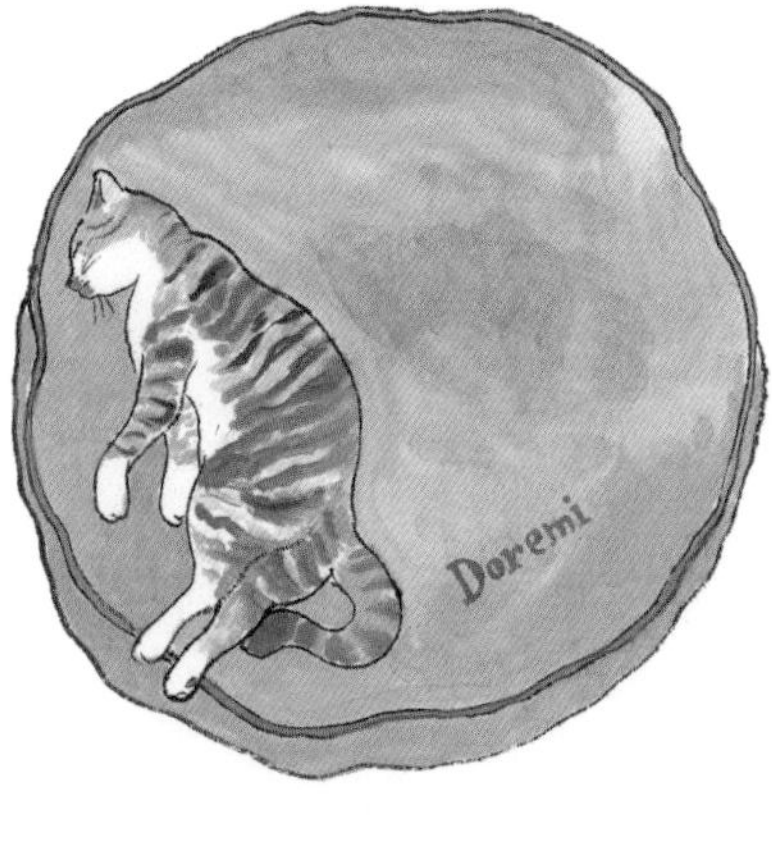

ストーブのそばで寛ぐ
猫。
あったかいね。

四　麦畑の章

ここの土地生まれの人に聞いたら、我が山荘の辺り一帯はかつて麦畑だったそうだ。知らなかった。今も周りにいくつか麦畑がある。あんなふうに、銀色の波がここにも広がっていたのだろうか。

それまでこの近くで麦畑はほとんど見たことがなかった。母が亡くなってから、一人で月に数日ほどこの家で過ごすようになって、少し遠くまで歩くことが増えた。知らない道を歩いていたら、ちょうど麦の穂が風に揺れていて、その美しい様子に驚いたことがある。銀色の無数の芒《のぎ》がいっせいに風になびいて陰影が動き回る。毛足の長い絨毯のような、名前を知らない動物の毛並みのような。稲田とも違うし、もちろんどんな野菜畑ともまったく違う様相だ。

以来麦畑ファンになった。すると、横浜の家の近く、よく散歩へ行った川沿いの畑地にも麦畑があることに気づいた。今まで何度も、それこそ子供のころから歩いてい

四

る場所なのに、どうしてそれまで一度も目に入らなかったのか。見る、知る、気付く。たとえ身の近くにあっても、見えていないものがどれほど多いことだろう。

そんな、かつて麦畑だったというこの地域も、両親が家を買った頃は草木が勝手に生えている茫洋とした場所だった。ただ、すでにこの家のある一画は別荘地として小さく開発されていたから、砂利道《じゃりみち》の細い私道が通っていたし、なんとなく七、八軒分の区画整理がしてあることはしてあった。とはいうものの、家などうちの一軒ともう一軒しかなく、あとは周りに草木の生えた空き地が広がっているだけ。大きな石もところどころに転がっていた。石というか、岩。牛が地面に体を横たえているくらいの大きさの、大岩。

当時、界隈には人の気配がまったくなかった。それが気に入っていた。人の姿が見えなくても、あそこには、あの家には人がいるなあとわかっているのと、本当に周りに人がいないのとでは大きな違いがある。

ここに一人でいると、なにからも自由な、すっかり解放された感覚と、内側へ深く入っていく自分の両方を強く感じた。孤独という言葉にはどこか負の印象があるが、いい孤独、心地よい孤独もあるのだ。一人だって、ひっそりと愉快に過ごせることはある。孤独という言葉でなければ、孤立の方が近いだろうか。けれどこの言葉もまた一人ぼっち感が強い。いっそ「孤独立」という言葉を作ったら、少しは一人でいるひっそりとした愉快感が表現できるか。生涯独身を貫いた作家、メイ・サートンは小説の中で、自身をモチーフにしたと思われる主人公に「さびしさは自己の貧しさで、孤独は自己のゆたかさ」と発言させているが、けだし名言。とはいえやはり、この場合も「孤独」ではなく「孤独立」のニュアンスを感じさせる言葉があると、よりサートンの気持ちを正確に表せるのではないか。一人でいることのよろこびを素直に表す言葉がないというのは、その感覚が一般的ではないということなのか。残念ではある。

もちろん、一人で愉快でいられるのは、安心できる家の中に守られて、という条件付きで。そこが意気地のない街育ちの弱みだとはいえるが。郊外の住宅地で育ったので、周りに人のいない感覚が珍しく、家族や友人とこの家に来ることも多かったが、一人で過ごしに来ては、よき孤独を味わうことがしばしばあった。

四

近所に散歩に出ても、ところどころに以前から住んでいるらしい家はあったが、ほとんどが元は牧草地と思われる草地や林、ところどころに畑もあった。秋には、木の実を拾ったり、スイカズラやツルウメモドキなど実のついた蔓草や赤い野バラの実など採って歩く。頑固に木の枝に絡みついたアケビの蔓を苦労して採ってきて、大きなリースを作ったこともあった。

山側の少し先には細道が山に向かって続いていて、ここがいい散歩道だった。母と二人で来たときは必ずここを歩いた。途中、その小径に中洲のような草地があって、花梨《かりん》の木が何本か並んでいた。近づいて見ると、澄んだ黄色の実が枝から唐突に突き出すようにいくつもなっている。花梨の実なんてそれまで見たことがあったかなかったか。まして、木になっているところを見るのは初めてだ。ほんのり芳香が漂っている。母と二人、

「欲しいねえ」

小径の脇を少し上がったところが明るいひらけた場所で、そこに古い小さな家が一

軒建っていた。ほかに家など一切ない。きっとあのお家の木だ、と見当をつけ、突然ながら訪ねて行った。木の桟に曇りガラスのはまった引き戸を軽く叩くと、少したっておとなしそうな、おじさんとおじいさんの間くらいの年齢の人が出てきた。

「あの、あそこの花梨の実をひとつゆずっていただけないでしょうか」

と話すと、

「いいよ、いくらでも持って行って」

と快く請け合ってくれた。

「みんな黙って持って行っちゃうからさあ。断って来てくれる人には、いくらだってやるよ」

と自分も一緒に木のところまで降りて来て、どんどんもいでくれる。あ、そんなにいらないんです。一人ひとつずつで大丈夫。と言うのもお構いなしにおじさんの手は止まらず、次々と大きくて堅そうな実をもいでいる。こちらはただ近所の散歩のつもりで出かけて来たから手ぶらだ。実を入れる手提げも持っていない。けっきょく一人三つずつくらいもらって、手に抱えて帰ってきた。歩いて帰る間、何度も黄色い実に

四

鼻を押し付けて、甘く、少し鋭いバラのような芳香をかいだ。実の表面は硬くて、短い産毛が生えていた。ところどころ蜜が出ているのか、ペタペタしていた。抱えていると、実はずっしりと重く、冷たかった。

もらったはいいものの、花梨などどうしていいかわからない。帰る日までは部屋に置いて香りを味わった。帰り際、大きめに刻んでホワイトリカーに漬けて置いていくことにした。花梨酒ができる、と花梨のおじさんが教えてくれたからだ。以後何年も、この花梨酒は香りを保った。

次に山荘へ行ったとき、花梨の実のお礼にと小さなものを持ってお礼に訪ねた。おじさんは家にいて、

「ちょうどキノコが生えてるからさ」

連れて行ってやる、ということになり、急遽キノコ狩りに行くことになった。花梨の木がある散歩の小径をどんどん登って行くと、いつもはそこで引き返す突き当たりに来ても、さらにその先の道のない林を突き進んで行くおじさん。

「ジコウボウいうの、知ってる？」

聞いたこともないよ。おじさんが歩いて行く先々に、ずいぶん大きな、茶色い傘の表面を少しぬめらせたキノコが生えていた。ジコウボウは、カラマツイグチの別称で、広く食用として親しまれているキノコだとあとから知った。

菅笠形《すげがさ》のふっくらした傘の下側は黄色味を帯びていて、襞《ひだ》ではなく、小さな孔《あな》が海綿状に無数にあいている。この見た目は少々不気味奇怪。知らなかったらまさかこれを食べられるとは思わない。

案内されるままに林の中を歩き回り、おじさんが下げているレジ袋は満杯間近。

「味噌汁なんか入れるとおいしいよ」

と教わって、その収穫をすべてもらって帰ってきた。これでは花梨の実のお礼になんてならなかった。

料理してみると、ジコウボウは淡白な味わい。少しとろりとしたところが特徴か。大きめに切ると、少しシコッとして、その歯ごたえもいい。火を通しすぎるとぐにゃぐにゃに正体がなくなった。

それから以後は、山歩きに他の山へ行ったときもジコウボウだけは判別できるようになった。今までこんなキノコは見たことがないと思ったが、見えていなかっただけ。カラマツ林の根元にはよく生えている、身近なキノコなのだ。キノコは見分けがつけにくいから自分で採ることはできないが、ジコウボウだけは目にするたびに、「ヨ、元気?」と心で声をかけて親しむようになった。

散歩道のそばには牧場があった。ここだけでなく、界隈に牧場はいくつかある。かつては酪農がこの土地では盛んだった。今は馬術指導をする牧場もあれば、観光牧場もあるようだ。散歩道のそばにある牧場は、柵の中で仔馬が一頭のんびり草を食んでいたり、泥だらけの羊がおしくらまんじゅうをして過ごしているような、のどかな雰囲気だった。

夏の午後に、この牧場へ散歩へ行ったときのこと。牧場主さんだろうか、少し年かさの男性が作業をしていたので、挨拶をした。麦わら帽子に作業着を着て、黒いゴム長靴。話すうちに、少しずつ昔の話になった。

開拓で来た当時は、この地域には電気も水道もなく、一週間に一度、下の町の家までお風呂をもらいに行ったそうだ。牧草地を作るにも大きな岩が多くて、開拓は本当にえらいことだった。かつての八ヶ岳の噴火で、大岩小岩が麓一帯に雨あられと降ったのだ。それがまだ地中にいくらでも残っている。その過酷さに、離農する家も多かったという。

穏やかな調子で話してくれたが、その内容は単なる苦労話では片付けられないものだった。こちらの想像もつかない厳しい暮らしだったことだろう。開拓の当時は大変だったけれど、今は家族もいて、こうしてやっているから、と最後はこちらを安心させてくれて、そろそろ失礼することに。牧場も日がだいぶ暮れていた。

まだこの山荘に来るようになったばかりのころ、夜になると、遠くの方から牛の鳴き声が聞こえた。どこの家の牛だろうか。闇から届くその声は、のんびりしたなかにもかすかな哀感を含んでいるように聞こえた。

夏になって、唯一のお隣さんである別荘のご主人が来ていたある日。牛を飼ってい

四

る近くのお宅で牛乳を分けてもらえるから買ってきてあげよう、と親切にも原付バイクで買いに行ってくれた。しばらくすると、ご主人は帰ってきた。原付の前カゴに牛乳が口まで満杯の一升瓶を乗せて。

搾りたての牛乳。高校生のころだったか、野辺山の牧場で飲ませてもらって以来だ。脂肪分がたっぷりで、すでに固まりができている。一升瓶をこのまま振っていれば、あっという間にバターができそうだ。

製氷機に入れて使う、古い古い電動のアイスクリーム製造機を持ってきてあったので、卵と砂糖を合わせて、この新鮮な牛乳でアイスクリームを作ってみることに。バニラエッセンスもラム酒もないのでどうしたものかと思案し、瓶に少しだけ残っていたウィスキーを入れて、香り付けにした。なかなかによろしい濃厚なアイスクリームができた。

一度は自分で牛乳を分けてもらいに、その家へ行ってみたいと思っていたのだ。牛にも会いたかった。牛はとりわけ親しみを感じる動物だ。幼少のころ住んでいた横浜の郊外で、懇意にしていた近所の農家では牛を一頭だけ飼っていた。その薄暗い牛舎に一人でよく遊びに行った。牛はいつも一人で静かにしていた。おとなしくて目が大きくて、ゆっくり動く牛。顔を撫でても、背中をさすっても、黙って穏やかな顔をしていた。夜、鳴き声だけ聞かせるこの地の牛は、どんな顔をしているのだろう。が、果たせないうちに、いつの間にか牛の声は聞かれなくなった。一度はそのお宅の前を通りかかったのだ。けれど、一人で来ていたときだったし、一人で一升の牛乳は手に余ると思い、断念した。今になって考えれば、三合でも五合でも少しだけ分けてもらうこともできただろうと思うが、今さら仕方がない。

その牛のいた家の方に、つい先日会う機会があった。昨年の秋祭りのときだ。この日は来客だった。表の通りを練る神輿の掛け声や賑わいが遠くに聞こえていたが、これから客人も来るし、お祭りはよそごとのような気がしていた。こちらに住むようになってようやく一年弱、なんとなく気後れしていたこともある。お祭りに参加するところまでの心の準備がまだできていなかった。

四

客人が表の通りまでタクシーで来るのを迎えに行って、二人で家に戻るとき、公民館の脇を通りかかると、ちょうど懇親会が始まったようだった。賑やかな声にたくさんの人。外からも盛り上がっている様子が伝わってくる。客人と二人「楽しそうにやってるねえ」と話しながら家へ向かった。客人が「あそこの壁に古い写真がいっぱい貼ってあった」と言う。それが見たいということになり、急いで家に戻り、少額ではあるが御祝儀を包んで公民館へとって返した。

受付で御祝儀を渡し、写真だけ見せてもらえるように話したら、いいからいいから、とにかくおすしも出てるし飲み物もあるから、すわってすわって。と、どんどん席に案内されることに。部屋は並べられたテーブルと椅子についた人で満杯だ。出席人数、百人は超えているのではないか。空いている椅子なんてどこにあるのだろう。オロオロしている二人をよそに、

「こっちこっち」

呼ばれて行って椅子を用意してもらい、とうとう二人並んで腰掛けた。突然に賑わいの真っただなかに放り込まれた体《てい》。

テーブルの上は隙間なくご馳走がびっしり。おすしにおにぎり、お煮〆に揚げ物、漬け物、お菓子、なんでもある。

「何飲むの？　ビール？　お茶？」

もちろんビール。と、こうなったらよろこんでご馳走になろう。客人などさらにオロオロ「私なんて、関係ないのに〜」と言っていたが、秋晴れの空の下、お祭りの高揚した空気に気圧されて、彼女も肚を決めたようだった。

おすしもお料理もずいぶんご馳走になって、みんなも落ち着いたころ、「紙芝居をします」ということになった。紙芝居といっても今様のもので、部屋を暗くしてプロジェクターで投影するスライドショーだ。この紙芝居が興味深く、食い入るように見てしまった。

内容は、この地域の歴史。戦後開拓でこの地へ来た人たちが、どのように暮らして今に至ったか、というものだ。以前、牧場主のおじさんがしてくれた話とピタリと重なる内容だった。この辺りにこんなに子供がいたのかというくらい子供も多く来ていて、熱心に紙芝居を見ていた。

このお祭り会場である公民館の入り口には、高さ三メートル近くもある立派な「開拓の碑」が建てられている。その裏側に刻まれた碑文は、以下のとおり。

開拓の歴史
大東亜戦争の終結した昭和二十年および二十一年に
食糧増産の目的をもって七十三戸が入植する
その後労働の厳しさと併せて経営難などのため
離農する者が続出する
昭和三十七年頃より経済成長の波に乗り　開拓地
も安定したとして昭和四十七年国の開拓行政が
打ち切られ篠原開拓農協は解散する

あゆみ
昭和二十二年　篠原分校開校

昭和二十二年　電気点燈
昭和三十八年　女取川を水源とする水道全戸通水
昭和四十年　篠原分校廃校

現在ここに居住する戸数四十戸を刻みこれを建てる

昭和五十七年十二月吉日

碑文の下には居住する四十戸の戸主の名が刻まれており、もう三十年も前、花梨の実を分けてくれたおじさんと同じ名字の名前もあった。牧場のおじさんの名前は知らないままだったので、ここに並ぶどの名前かはわからない。並んでいる名前のなかには、駅前や近くの商店や工務店と同じものもあって、この地にしっかり根を張ってきた方たちなのだ、と改めて敬服した。

入植当時は満足な食事もままならず、しばらくは電気も来ていなかった。水道通水

四

はさらにその十何年もあとだ。多くの家が酪農に携わったのは、牛乳が唯一といっていい現金収入だったからだと、紙芝居では説明していた。

この碑の建てられた昭和五十七年には四十戸、たしか両親が山の家を購入したのはこのわずか二年後だから、家が少なく人の気配がなかったのも当然だ。そのあと、じわりじわりと別荘地が開発され、家と人が増えていき、さらにバブル景気の波に乗ったリゾートブーム、別荘開発で爆発的に家が増え、今につながっている。

この紙芝居の後、今度は写真のスライドショーが始まった。この地域のあちこちを撮影したもので、同じ場所の今昔を比較できるようになっている。昔の写真と、その同じ場所で撮影した現在の写真。これも面白い企画だった。開拓当初は木を切り倒したので、北側の八ヶ岳はどこからも丸見えだったそうだ。今は再び木が育って、山の見えない場所も多い。

家族写真もあった。木造の家の前に、家族が揃って写真に収まっている。牛も一緒に。軒の低い家が、行ったことも見たこともないのになぜか懐かしく感じられた。

牛と一緒に？　そうだったのだ、このスライドショーで今昔の写真を見せながら話してくれたのは、あの牛の鳴いていた、牛乳を分けてもらったあの家の方だったのだ。

スライドショーが終わったときに「この話だったら六時間でも七時間でも話せますから」と言っていて、頼もしかった。年齢からして、ご両親の入植後にここで生まれた、いってみれば「二世」とお見受けした。ぜひまたお話を聞かせてもらいたい。

紙芝居タイムが終わり、部屋が明るくなった。次はビンゴです、という声に正気に戻った。客人は「こんなにご馳走になった上、ビンゴまでできない」と言うので、二人でゆっくり家で話もしたかったし、この辺りで失礼することにした。けっきょく、当初の目的の写真は見られずじまいとなった。壁際まで人がびっしりすわっていて、写真をゆっくり見られる状態ではなかったのだ。「ビンゴしないで帰るの〜？」と声をかけてもらいつつ、外へ出ると、先ほどのスライドショーの若旦那が玄関口にいた。ぜひお話、また楽しみにしています、と頼んで失礼した。

四

この公民館では、年度替わりの三月末に総会がある。何年か前、たまたまその総会の開催時に公民館を通りかかったことがあった。いつもはしんとしている公民館の部屋に、一番うしろまでびっしり折りたたみ椅子を並べて人がすわって満員御礼。いっせいに拍手がおこって、今まさに議案が決したのだろうか。

その時はまだ住んでいなかったので人ごとだったが、秋に引っ越して年が明けて、その春の総会には謹んで出席した。やはり満員御礼。

以前地区班長さんと話したとき、この場所は全国でも珍しく、山村にもかかわらず人口が増えていると聞いた。ほとんどが過疎になる山村、また各地でさびれゆく一方の別荘地が増えるなか、この地域は人が増えていると。そういわれてみれば、近隣で放棄された別荘は見かけない。逆にはじめは別荘として家を買った人が、リタイアを機にこちらに移り住む、あるいは移住を決めて家を買う人が多くいるということだ。開拓の碑が建てられてから四十年、以前から居住していた四十戸をはるかに超える数の家が建ち、人が住むようになった。戦後開拓を最初とすると、二度目の住民流入の波といえるか。たしかに家を買ったばかりのころは、散歩に出ても歩けど歩けど林と草地ばかりだった。今は、ここにもあそこにも家が増えて、驚くばかりだ。今や別荘移住世帯数は、開拓でこの地へ来た世帯数を凌駕している。自治運営の中心も、第二の移住者グループとなってきたようだ。

満場の総会では、ひっそりといちばん後ろの席にすわった。顔を見知る人は、地区班長さんとあと二人くらいしかいない。あとはみんな知らない人。出席者は多くが団塊の世代と思われる年齢の人たち。さすがその世代らしく、議長やあれこれの役を買って出て、積極的な雰囲気で議事が進行していく。もっと年かさの方たちもところどころにいて、どちらかというとおとなしめな様子だ。様子から、以前から住んでいる方かな、と思った。

議事もだいぶ進んできて、それぞれの役の交替紹介などが始まったころ、近くの席で白髪のおじいさんが二人、話がはずんでいた。なかなかその話は止まらない。するとその後ろにいた人が大きな声で、

「そこ、静かにしなさいよ」

と注意。が、注意されてもかまわず自分たちの話を続行している二人のおじいさん。かつて開拓で入植した人たちは、会議という形ではなく、みなで言いたいことを言いながら、自然にひとつずつことを決めていったのかもしれない。いっぽう第二グループは、議論や会議、理路整然としたことが得意な世代。バトンタッチしたんだな、とまだどこかよそ者気分が抜け切らずに傍観していた。

この総会に出てよかったのは、この公民館でやっているピンポン倶楽部を紹介してもらったこと。月に二回、空振り大魔王として参加している。

映画評論家の町山智浩さんがネット配信で興味深い話をしていた。人は、大人になるためには決定的な儀式を経なければならない、と。通過儀礼についての話だった。大人になるための通過儀礼。有名なところでは、バンジージャンプにウォークアバウト、確かにどれも命に関わるような、決定的で危険な行為だ。

親や周りの大人たちに守られてきた子供の自分を、一度殺してからでないと決して人は大人にはなれないのだと町山さんは話していた。大人になるということは、自分をかばってくれる人のいない場所で、一人で生きていくこと。

かつては、日本を含む世界全土で様々な通過儀礼があったそうだ。成人を迎える青年が、過酷な自然をサバイバルする旅に出る。あるいは、一定期間知らない人と共に寝起きして暮らす。死に直面するような危険もある旅。自分一人で道を切り開いて進んでいけるのか。

誰も自分を知らない場所で、友達をつくることができるのか。世界に対して自分は何者なのかと示し、自問する。そうして自分を確立する機会をもたなければ、年齢だけ大人になっても、真の大人になるのは不可能なのだという。

町山さん自身も、東京で生まれ育って仕事をしていたが、何かしていない感、足りない感がずっとあって、三十歳をすぎてアメリカに移住し、そこで自分をもう一度確立できてよかった、ようやくこれで大人になれたと言っている。この話にはガツンとやられた。

この通過儀礼は、主に男性を対象にしたものだが、女性がどうしてこれをしてこなかったかというと、やはり一定の年齢になれば、親から離れて別の男性に守られて生きていく社会的慣習があったからなのだろう。女性が自分を確立して大人になってしまっては、男性としては従属させておくことが難しくなる。従って、女性は大人になる機会を奪われている、大人になる必要がないとされてきたともいえる。

とはいえ自分自身の現在の境遇を鑑《かんが》みると、守ってくれる男性は残念なことにというか幸運にもというか、いない。自分一人で生きていかなければならないので、やはり世界と対峙する大人になる必要はあるのだ。この年齢になって今更とも思うが、いい機会だと思う。ほとんど誰も自分を知らないこの場所で、友達をつくり、庭を造り、心豊かに生きていこうではないか。

この家を使うようになって四十年弱。地域の自治にはなにもかかわらずに別荘利用者として、また親の家だということもあって、気楽にやってきた。が、これからは自分が戸主として、地域の催しやお掃除にも参加していこう。一人で住んでいるのだ。周りの人と知り合っていれば、なによりも心強い。お祭りにも参加できてよかったではないか。

考えてみれば、ちょうどこの家の建ったころが、この地域の回り舞台が再びぐるりと回り、多くのことが変わっていく潮目だったのかもしれない。麦畑はもっと前から、黙ってそれを見ていたのだ。

五　モラトリアムの章

以前からお世話になっている、ひとまわりほど年上のグラフィックデザイナーの方に年賀状を送ったら、返事に喪中欠礼の挨拶をかねた寒中見舞いが届いた。いつもの勢いのいい万年筆の字で何行も添え書きがあり、もったいなくもありがたかった。そのなかの一行「山村で何してるんですか?」にグッと詰まってしまった。確かに彼宛てに出した年賀状には、「山村で二度目の越冬です」のようなことを書き添えた。が、何してるんですか? と聞かれると答えに窮する。

果たして自分はここで何をしているのだろうか。とくべつなことは何もしていない。ただ、暮らしているだけだ。ご飯を作って食べ、仕事をして、掃除洗濯をし、猫の世話をして寝る。その繰り返し。ちょっと庭仕事もするけれど、それ以外は横浜に住んでいたときと基本的には大して変わらない。確かに住んでいる環境は大きく変わったので、日々暮らしの中でする用事は違うし、しなければならないことも多少増えた。

五

それでもそのような変化は、町なかで引っ越しても起こりうることなのではないだろうか。要するに、山村に住むからこそできるようなことは、とくに何もしていないのが現実だ。

しばらく山に住んでみようか、と考えてから、あまり時を経ずに移動した。行ったことのない場所ではない。もう三十年以上行き来して様子のわかっているところだ。家もそのまま使えるし、いま住んでいる家の荷物をすべて引き揚げなければならないわけでもない。仕事の道具、資料、画材一式と、さしあたっての身の周りのもの、どうしても使いたい一軍の食器の一部を梱包し、引越しした。横浜の家など、夜逃げしたあとの家同様、もぬけの殻で、こちらの家も、帰ればいつでも使える状態ではある。

山の四季の一巡を、一年間住んで眺めてみたいと以前から思っていたのは確かだ。気がつけば、こんなに身軽な状態は今までなかった。そばについていてやりたい母ももういないし、仕事は遠隔地にいてもほとんど支障なく進められる。五、六年前に東京から横浜に移ったことで、すでに十分「遠隔地」まで来ていたのだ。横浜へ移ったとき、ある編集者には「平野さんは引っ込んじゃったから」とも言われた。都内でない限り、多忙を極める編集者やデザイナーにとって、遠隔問題は横浜だろうと八ヶ岳だろうとさほどの違いはないようだ。打ち合わせに来てくれる人は横浜でも八ヶ岳でも来てくれるし、来ない人は横浜でも来てはもらえない。

都心に住んでいたときは毎日のように来客があって、それはそれでおもしろい日々ではあった。が、五十代になってすぐ母も亡くなって、日常のすべてが変わってしまった気がした。どんなにたくさん仕事をしても、もう褒めてくれる母はいないのだ。

ハリウッドの女優、ゴールディ・ホーンがアクターズ・スタジオのインタビューで、母親を亡くした辛さをインタビュアーのジェイムズ・リプトンに問われ、「褒めてくれる人がいなくなったこと」と答えていた。最初の主演映画でオスカーをとった押しも押されもせぬ大女優がそんなことを言うのか、と虚をつかれた心持ちになった。そのインタビューを見たときまだ母は元気だったが、ほんのりと、自分もそんな境遇にいつかなるのだろうか、と思ったことを覚えている。

母が病気になったころから、仕事の資料や道具をリュックに詰めては毎週横浜へ通

五

い、週の半分を母と過ごしていた。体はしんどかったが、母のそばで過ごしたいという気持ちの方が大きく、何を作って一緒に食べようか、何を買って行って見せようか、そんなことを考えながら電車に乗って帰った。

母が亡くなってからも、空になった家にやはり毎週末帰った。帰ると、仏壇の花は枯れ、お茶はにごり、空気が澱んでいた。そのたびに気持ちが落ち込んだ。かといって毎週行かないと気になって仕方がない。花が枯れているのではないか、お茶が、お水が……。急に一人ぼっちになって、寂しさ悲しさをどうしていいかわからなかった。東京にいても寂しい、横浜へ帰っても東京が気になる。この股裂き状態は、心身ともに厳しいものがあった。

とにかく横浜へ帰ろう。そう決心して、母が亡くなって一年後に二十年暮らした東京の部屋を空にして横浜へ戻った。横浜は、両親の住んでいた家と、自分の家と二軒が空き家の状態だった。これをこれからどうするのか。大問題だ。東京に妻と二人で暮らす兄も相談にはのってくれるが、やはりこれは母と親密にしていた娘が解決しなければならないことだと思っていた。考えるだけでも押しつぶされそうな状態だったが、やっていくしかない。ひとまずは両親の家に住まいし、自分の家に毎朝出勤する、という形で住居と仕事場を分けて暮らすことにした。

毎日そこで暮らしてはいるものの、両親の荷物はそのまま。少しずつでも片付けようとして始めると、涙が止まらなくなってそれ以上続けられなかった。両親がいなくなった寂しさ、心細さは大抵でなく、常に心の中では涙が表面張力の状態で、それが少しの動揺ですぐこぼれる。気兼ねなくなんでもないことを話せる人のいなくなった日常には、そうやすやすと慣れることができなかった。

いっぽう横浜の自分の家も大変なことになっていた。都合二十年間空き家にしていたツケで、手のつけられない状態まで物が溢れかえっていた。東京に住んでいる間じゅう、さし当たって必要ないけれど、すぐには捨てられない本や紙類をいくつもの段ボール箱に詰めて、半年か年に一度のペースで赤帽さんに頼んでは東京の部屋から横浜の空き家へ運んでもらっていた。運び込んだらあとで整理すればいいものを、しないものだからそのままどんどん箱が積まれていく。気になりながらも、目の前のことに取り紛れて、ずっとそのままできてしまった。

赤帽さんからの荷受けは母に頼んでいた。赤帽さんが東京を出発したところで母に電話をし、「これから赤帽さん行くよ」と伝え、部屋で待機してもらった。赤帽さんは、二十代半ばで開いた最初の個展の際にお世話になって以来、もう三十年のおつきあいだ。いつも変わらず気持ちのいいお仕事ぶりで、全幅の信頼を寄せられるプロ中のプロ。度重なるやりとりで、母も赤帽さんと懇意になった。母が亡くなった年の秋に、個展でお世話になった際、赤帽さんは仏前にと大きな花束を持ってきてくれた。「いつもニコニコしていて必ずお茶やお菓子をもたせてもらって、本当にお世話になりました」という赤帽さんの言葉は、心にしみた。

東京から横浜へ引っ越そうと決心してから引っ越すまでの半年間、毎週末横浜に行っては仏壇の手入れをしたあと、自分の家を猛烈に片付けた。東京から持って帰る荷物を入れるのは、自分の家の方だけにしようと決めていた。両親の家にまで分けて入れたら、さらに収集がつかなくなる気がしたのだ。自分の家の片付けなら、泣かなくてもできる。廃品処理業者にも二度三度と来てもらい、いらない家財も呆れるほど持って行ってもらった。紙ゴミは紐で括って捨て続けた。括っても括っても、果てしなく紙は出てくる。おかげで、紙を束ねて括る技術がしかと身についた。週明けの曜日が資源ごみの日だったのはラッキーであった。

それでも完璧に片付くまではいかず、片付く前に、東京からの引越しの日がじわりじわりと近づいてきた。絶望的な状態だった。こっちも満杯のところに、向こうも満杯の荷物、それを一軒に押し込もうというのだから、それは無理というものだろう。引越し前の最後の週末、片付けながら泣けてきた。いったいこの荷物、どうしたらいいんだろう。

搬入の当日、引越し業者は怒りながらもすべての荷物を部屋に押し込み、テヤンデェと帰って行った。

引越し業者のシステムはおもしろかった。見積もり以上に荷物があると、次々と応援スタッフを別の場所から呼び寄せる。搬出の日の朝に四人で来たスタッフが、多い時間には八人くらい来て荷物を梱包していた。そして翌日の搬入の日は、朝から十人

五

近いスタッフが手ぐすね引いて集まってきた。

横浜に来ても当初周りに友人はおらず、仕事はそれまでと同じ調子でしているものの、ほとんど隠遁生活。東京の暮らしとはガラリと変わった。が、当時の心持ちはかえってその状態が楽ではあった。しばらく静かに一人でいたかった。

母が病気になってからはほとんど行っていなかった山の家にも、新しい暮らしに慣れて一年ほどたったころから、また月に一度は行くようになった。月に数日だけだが、行って季節のあれこれを見て回ったり、場所を変えて一人静かに過ごすのは気分が変わってよかった。

そんな暮らしを三、四年続けたころ、突然知人の紹介で仔猫が家にやってきた。仔猫を？　うちで飼う？　猫は昔からたいへん好きだが、考えてもみなかったことだ。が、ぼんやりと一度は飼ってみたいと思っていた猫。これはチャンスではないか。一週間寝込むほど考えた末、決心して飼い始めたが、初めて飼う猫にオロオロしどおし。

猫が来て一週間したころ、またも心労からか具合が悪くなって本当に寝込むことになった。ただ、そのころには近所に猫飼い先輩のお姉さん友達もでき、彼女らにも助けられながら、なんとか猫との暮らしが始まった。

が、猫がいると山の家へ行かれない。猫が来たら旅行は無理だな、と覚悟をしていたものの、山の家に行けないのは残念だ。かといって、仔猫を置いて何日も出かけるわけにはいかないし。ペットシッターさんに頼む方法もあるが、この猫のビビリ性格からしてそれは不憫だ。それ以上に、自分が猫と離れられなくなっていた。

一年間は月に一度、猫を留守番させて日帰りで出かけはしたが、これではまったく行って帰るだけ、庭仕事もなにもできない。だったら、猫を連れて山の家に暮らそうか。真剣にそう思い始めた。山への拠点の移動を、「よく決心したねえ」と言ってくれる友人もいたが、なんてことはない、山村暮らしを始める直接のきっかけは、そう考えてみれば猫だったのだ。

それにしても、東京で長年トップを切って仕事をし続けているデザイナー氏にしてみれば、都心から離れて暮らす、などは考えられないことなのだと思う。ましてや山村なんぞで暮らしている人がいたら、「そこで何してるんですか？」となるのは当然のこと。本当に、とくに何をしているわけではなく、ただ場所をかえて相変わらず暮らしている毎日なんです、と答えるしかない。

駅までは徒歩四十分だし、近くに買い物をできるところはないし、冬は寒いし夏は虫に襲われる。じゃあなんで敢えてそんなところにいるのか。とよく考えてみると、やはりこの場所が気に入っているからだ。

冬の、天国にいるような陽の光。家の奥深くまで陽がはいる朝、部屋の中に光があふれて、それだけで幸福感に包まれる。

まだ二十代半ばの、この家に来るようになって間もない頃、元同僚の友人と女三人で真冬の何日かを過ごしに来た。三人のうちでいちばん年上だった姉さんはすでに結婚していたが、彼とうまくやっていけずに悩んでいる時期だった。その日に帰る朝のことだったと思う。三人で、残りもので作ったスープとパンで朝食をとっていた。三人で食事をするテーブルにも惜しげなく冬の陽が降りそそいで、その光の中にいると、幸せの粒を浴びているかのように錯覚するほどだった。スープを匙の先でかき混ぜるようにして下を向いていた彼女が、急にスイと顔を上げて、

「わたし、もう一度彼とがんばってみる」

と述べた。このとき彼女に魔法の光が降りそそいだのだ。妹分の二人は彼女の言葉に心から賛同し、応援を惜しまないことを伝えた。あの朝の食卓の光景は、忘れられない。冬の朝、一人で冬の陽を浴びながら食事をしていると、ときどきあの朝のことを思い出す。


春は水分、潤いだろうか。乾燥しきった冬のあいだ、静かに固く閉じていたあれやこれが緩んで、いっせいに開放されていく。凍てついていた地面も、硬かった木の芽もみなその硬さを解き、緩んで芽を吹く。地中も大気も温まって、じわりと潤いを増すのだ。草木に虫鳥、みなが目を覚まして活動を始める春。冬眠していたかのような人もそろりと外へ出てきて、その潤いを感じ取り、春の訪れを歓迎する。

五

子供のころから、まだ寒い二月の風に吹かれているのに、ふとその中に春の気配を感じることがあった。ハッとさせられると同時に、懐かしいようなありがたいような高揚した気持ちになったものだ。いま春の匂いがした、と感じる瞬間だった。その瞬間が、徐々につながって一本の線になったころ、本格的な春が始動する。

夏は緑だ。草木の緑に囲まれて、自分も緑に染まっていくようだ。それだけで満ち足りて、ほかに何もいらない。

秋は風。昨年の月遅れ盆のあけた、藪入りの日の朝のこと。起きると風が吹いていて、それが完全に秋の風に替わっていた。風が、夏の空気も木の葉も吹き飛ばし、秋は深まっていく。

と、うっとりしたまま一年がたってしまった。ふつうに暮らしているとはいえ、どこかで長い休暇をとっているような感覚ではあった。

自然環境を享受するのはいいが、ひとつだけここへ来て悩ましいことがある。所有する本を、すべては持ってこられなかったことだ。当初は一年だけ住んで季節が一巡したら横浜へ帰るつもりだった。大きな本棚は持ってこなかった。当面仕事に必要な資料にする本と、どうしてもそばに置いておきたい読み本をひとかたまり。それでもかなりの数になったが、ほとんどの本は置いてきた。

本は、いま読んでいなくても、身のそばにあるだけで満足感を得られる。自分で選んで、買って、読む。読む前も、読んだあとも、部屋に置いてある。買ってきただけでまだ読んでいないけれど、一緒に部屋にいれば、その本とはある程度親交を結んだ安心感がある。本はそれぞれ親しさの度合いに違いこそあれ、一冊ずつが友達みたいなものだ。長年の友に、最近新しく出会った友。

その大切な友のほとんどと離れて暮らす寂しさ、心許なさ。

読む本は手元にある。読みたい本がなくて困っているわけではないのだ。この一年間にも、十二分なほど本を買った。部屋のそここに本があふれて雪崩になって、目

五

に余るほどだ。が、長年かけて自分のところに集まってきた本。いくたびの処分、分別の機会をもくぐり抜けてきた、我がささやかな、とはいえ大切な精鋭たち。そんな多数の本と離れているのは心寂しいものがある。

月に一度くらいは東京で用事をすませたあとに、横浜の家に泊まる。山での暮らしを整えるのに精一杯で、帰っても横浜の家でゆっくりすることはなかったが、よくその機会に、あの本を持って行こう、この本が必要になったと山へ運ぶ本を本棚から抜いていくことがある。その時、ふとこの部屋の心地よさをあらためて痛感する。天井まで届く背の高い本棚は、父が作ってくれたものだ。東西の壁面を埋める状態で、本がぎっしり隙間なくささっている。多くは長い付き合いの、馴染みのある本だ。新しく加わった、将来有望株もある。高価格におののきながらも購入した図鑑の数々。外国から船便で送った洋書も多い。子供のころに読んでそのまま大事にしている本もある。一冊ずつ長く親しんだ本に囲まれた空間にいる心丈夫な充足感。本棚は、その持ち主の体の一部で、本来は切っても切り離せないものなのだ。いってみれば、外付けハードディスク。そんな大事な存在と離れて暮らすのだから、心細くなってもやむを得ない。

もうひとつ気がかりなことがある。ささやかながらもそうして長い年月をかけて築いてきた本棚から、一冊、また一冊と本を抜いていくことは、せっかく構築してきた本棚を骨抜きにしていくことではないかと思い当たり、暗澹とした。が、今は仕方ない。毎日仕事はしなければならないし、生きていかなければならないのだ。いつまで山暮らしを続けるかも、今となってはわからなくなってしまった。どちらが本当の暮らしなのか。いや、本当の暮らしとはなんなのか。仮住まい、長期一人合宿のつもりで始めた山暮らしが、いつの間にか普通の暮らしになって、けれど外付けハードディスクのケーブルは外れたまま。これからどうしていくかは、いま無理やり決めないで、しばらく様子をみていくしかないと思っている。人生、すなわち刹那の連続。

こうして横浜を離れたのは、ひとつには両親の家から離れて、自分の心持ちに変化が起きるかどうかを見てみようという腹案もあった。距離と時間をとることで、両親

五

がいないという悲しさ寂しさに固まってしまった思いが多少ほぐれるのではないか。そうすれば、泣かずに両親の荷物も片付けられるのではないか、と思ったのだ。

なんとしても片付けなければと思い詰めていたころは、「亡くなった親の家を片付ける」ことがテーマの本を何冊も読み、なんとか気持ちを楽に片付けられる方法はないかと探ったこともあった。が、そんな楽な方法はない、ということがわかっただけだった。もちろん、それがわかったということは、多くの人も同じ悲しく辛い経験をしているのだ、と知ることができたことでもある。その点では得るものがあった。ほかにないこの辛さを安易に回避したら、逆にあとで何倍にもなって返ってくるかもしれない。ここは踏ん張って立ち向かわなければいけないのだろう。誰もみな、泣きながら大切な親の荷物を片付けてきたのだ。自分だけ逃げるのでは情けないではないか。ただ、すぐ始めるのは心の負担が大きすぎるから、少し時間を置くことにしたのだった。それが許される状況なら、そうしようと決めたのだ。

山に来てから一年と少し。たしかに横浜の家に対する心持ちは少し変わってきているような気はする。では、これからどうするのだろう。ここの季節の移り変わりもあと一巡は見届けたいと思うし、その間に更なる心境の変化がおとずれないとも限らない。急いで何かをしようとするのは無理だ。まずはここで一日ずつ大事に暮らしながら、機が熟すのを待つとしよう。

そうなのです、ミスター・デザイナー、山村で何をしているかというと、日常を暮らしながらも、機が熟すのを待っているのです。モラトリアムですね。

オホーツクで活躍する砕氷船「ガリンコ号」のように、氷を砕きながら止まらずに突き進む彼には、何を寝呆けたことをと言われそうだが。彼だけでなく、ほとんどの人にそう言われるのだろうな。弱虫の自分を省みながら、それも仕方がないと観念している。

六　小鳥の章

立春から一週間たった日の朝、目が覚めてなお布団の中でモジモジしていると、小鳥の声が聞こえた。このところ聞かない声だった。ホオジロかな。軽やかに転がるように、「チョリルピーチチ」。やはり春が近づいているということだろうか。

小鳥の声は、どこか気持ちを明るくしてくれる。小さくチルチルと鳴くメジロ、夏に聞こえてくる高らかで複雑なクロツグミのさえずりも心地よい。この家に来るようになって、夏になると長いフレーズで鳴き続けるこの美声の鳥を初めて知った。野鳥に興味を持ったきっかけは、もしかしたらこのクロツグミかもしれない。姿は見えないけれど、鳴き声は毎日聞かせてくれる。なんの鳥だろうと気になって、図鑑を調べにしらべて、ようやくクロツグミだとわかったときはよろこびだった。

一度だけ庭に来たオオルリ。気に入りのイイギリの木に、なぜか夕方になると毎日とまりに来たキビタキ。みな美声の持ち主だ。ウグイスの声もよく聞こえるが、この鳥はいささか大声すぎ。喉をふるわせ、イントロを溜めにためての喉自慢。いい鳴き声とは思うが、陶酔しきって演歌を歌ういささか迷惑なカラオケ名人を思わせる。

この家に来るようになって小鳥が気になりだした。だんだん小鳥のことが知りたくなった。ちょうどそのころ、バードウォッチングを長くしている知人に、山へ鳥見散策に連れて行ってもらう機会に恵まれた。彼の持っていたのが、日本野鳥の会が発行している図鑑『フィールドガイド　日本の野鳥』。急ぎ同じものを購入。ウォッチングの先輩が持っている『フィールドガイド』はもうかなり使い込まれているようすで、ページ全体がぶわぶわになっていた。よし、自分の図鑑もそのくらいになるまで使おう。そうすれば鳥の名前もずいぶん覚えられるだろう。そう決心したのはもう三十年以上も前。だが、まだ我が『フィールドガイド』はぶわぶわまでには至っていない。それでもこの本は、これまで鳥と親しむのにずいぶん役立ってくれた。こちらに住むようになってからは、仕事机から手の届くところにこの『フィールドガイド』を常備。それとともに、単眼鏡も置いてある。仕事机についていても、窓の外に見かけない鳥が来たら即調べられるように。単眼鏡は双眼鏡よりもすぐにピントを合わせられるので、ちょっと見るには便利なのだ。って、仕事をきちんとしておるのか。

ベランダの柵に餌箱をおいて、小鳥たちの訪問を待つ。餌は、ヒマワリの種だ。よく来るのはシジュウカラとヤマガラ。近くの木の枝から餌箱に飛んで来て、種を一粒くわえてはすばやく気に入りの枝に戻って、そこで殻をむいて食べる。最初のころ、玄関ポーチにつながる飛び石の上にいつも何かがばら撒かれたように散らかっていて、なんだろうと思ったが、これは小鳥たちがむいたヒマワリの種の殻だったのだ。餌箱から種をくわえて、玄関前の枝が横に伸びているダンコウバイの木まで飛んで来て、そこで食べるのだろう。両足で種を枝に押さえつけて、上手にくちばしで殻をむく姿がかわいらしい。決して餌箱に群がらずに、近くの木の枝にそれぞれ止まって、順番に取りに来る。とてもお行儀がよい。その姿を見たくて、常にヒマワリの種は用意しておくようになった。

常連のヤマガラさんシジュウカラさんのほかにも、ときどき来るのがオリーブ色の

六

カワラヒワ。以前はよく来て小柄なカラ類を蹴散らしていたが、最近はたまにしか来ない。もっといい餌場を見つけたか。

やはりたまに来るのが顔《ガン》グロのイカル。カラ類より、さらにカワラヒワより大柄で、ぬるりとなめらかな体をしている。太いくちばしにヒマワリの種をくわえ、そのまま口の中で器用に殻をむき、中のやわらかいところだけを食べる。口の中で殻をむけるので、餌箱に居座ったまま。いくらでも食べ続ける。黒い顔をしていて直立姿勢なので、やけに落ち着き払った態度に見える。もっといえば、厚かましい感じ。がために、小鳥の可愛らしさはあまり感じられずむしろ憎たらしく思えることもあるくらいだ。

ついこの間は、イカルに似た、さらにモッタリして金色の目をした鳥が来た。毎日来る見慣れ親しんだ小さくて丸っこいカラ類とは佇まいがあまりに違う。まるで外国人のよう。小さな鳥は、動きも速く小刻みで、いってみれば落ち着きがない。天敵も多く、襲われる可能性が高いので、ゆっくり餌場で食事などできないのだろう。それが、この大柄な鳥ときたら、餌箱の真ん中に悠々と陣取って、殻をペッペと散らかしながら食べ続けている。

顔グロではないからイカルではないだろうし、なんの鳥だろうと思い、『フィールドガイド』で調べてみた。すると、イカルと同じアトリ類のシメだとわかった。イカルよりも体長は一八センチとやや小さいものの、『フィールドガイド』にあるシメの解説文の冒頭が、「太っている」。やはり。確かに大きかった、ドタッとして。イカルと同じように体の表面がぬるりとなめらかで、同じ鳥とはいえ、カラ類とはまた醸し出す雰囲気が違うものだと思った。

アトリ類といえば、本家本元のアトリもときどき餌箱へやってくる。こちらはすっとシェイプされた痩身で、大きさもそれほどではない。床屋さんへ行ってきたばかりでさっぱりしたような角刈り風の頭部が印象的だ。ヒマワリの種がそれほど好きでもないらしく、ちょっと来て食べては、ふ〜んといった表情で、またしばらく来ない。

ただ、先日はアトリの幼鳥が来て、餌箱からこぼれたヒマワリをずっとついばんでいた。全体がどことなくあどけない様子で、角刈りの頭も成鳥よりもずっと丸っこくて色も淡い。離れた木から親鳥の呼ぶ声がするが、餌箱近くの木の枝にしばらく止まって、首をめぐらしてはあちこちを見て過ごしていった。

食べるものが乏しくなる冬は、小鳥の訪問数がぐっと増える。ヒマワリの種を一日に一リットルほどは食べるのではないか。本当はもっと餌箱に入れてやればさらに食べるのだろうが、ヒマワリの種を買って背負って帰ってくるのもけっこう大変なので、そのくらいにしている。日中三回も餌箱に補充すると書いていたアメリカの作家もいたが、なかなかそこまで気前よくできないのが辛いところだ。

毎朝、空の餌箱にヒマワリの種を補充する。餌箱の支度をしていると、あちこちでシジュウカラの鳴き交わす声が聞こえる。みんな近くに来て待ち構えているのだ。蓋つきバケツに入ったヒマワリの種をカップにすくってザーと餌箱に入れると、その音で小鳥たちがさらに近くへ集まってくる。「ネエさん今朝は遅いよ」「はやくはやく」と言われているみたいだ。

昨冬、雪で辺りが真っ白になった朝。餌箱に種を入れる前に、ためしに手のひらに二、三粒ヒマワリの種をのせて思い切りベランダの柵から手を外側に伸ばして鳥を待ってみた。

野鳥のなかでもとりわけ人なつこいのがヤマガラだ。もう随分昔、一人で高尾山から相模湖へ歩いて降りたとき、トレイル脇の広々した草原の斜面でおじさんが一人、空に向かって手をあげていた。

「なにをしているんですか?」

ときくと、

「ヤマガラが来るんでね」

静かにしておじさんと二人並んで待っていると、本当に小さな鳥が飛んで来た。そして、素早くおじさんの手から食べ物を口にくわえて飛んで行った。おお、すごい。まだそのときは、その小鳥がヤマガラかどうかもわからなかった。

昔、寺社の縁日などで、御神籤《おみくじ》をくわえて渡すのがヤマガラだったとか。そのくらい人に慣れやすい鳥なのだろう。

これもう二十年以上前、大菩薩峠へ行ったとき小屋のおじさんに、やはり手から小鳥に餌をやった話を聞いた。冬のあいだ、雪に囲まれた山上の小屋でほかに何をすることもなく、小屋の外に置かれたテーブルの下に潜り込んでは、餌をのせた手のひらをテーブルの上に高く掲げ、鳥が来るのを待ったそうだ。何日も何日も続けて、ようやく何日目かに手のひらから餌を持って行ったと。それがなんの鳥だったか聞かなかったのか、聞いたけれど当時は鳥の種類をほとんど知らなかったのでイメージできなかったのか、記憶は曖昧だ。ただ、その話が面白くて深く印象に残っている。大菩薩峠といえば、おじさんの手から餌を食べた小鳥。

「いや～、あんときはなかなか来なくてさ～」

と話していた小屋主さん。小鳥が手のひらに舞い降りたときは、喜びもひとしおだったことだろう。

大菩薩とは打って変わって都会の真ん中、明治神宮御苑でもヤマガラ・ファクトはあった。こちらは十年近く前のことだったろうか。当時は家の近所だったので、友人とよく神宮外苑の銀杏並木や神宮の中にある御苑へ散歩に行っていた。菖蒲園の花盛りの時季をのぞけば平日は人出もそれほどでなく、のんびりしたいい庭園だ。無論手入れもそれはそれは行き届いていて、歩いていて気持ちがいい。で、ここにもおじさんが一人。やはり手のひらを天に向けて宙に浮かせている。

「鳥に餌をやっているんですか?」

「そう、ヤマガラね」

やはりやっぱり。このころになると、だいぶ鳥の名前も覚えていた。そうか、東京のこんな真ん中にもヤマガラがいるのねえ。確かに、神宮の中には野鳥のためにとった大きなサンクチュアリの区画もあるくらいだ。都会の中心にこれだけ広大な森林を抱えている神宮の存在は、世界的にも珍しいらしい。

それにしても、シジュウカラはわりと見かけたが、ヤマガラがマンションのベランダにまで来たことはなかった。

「餌やってみます?」

ご提案を受けて、友人と二人、張り切ってやらせてもらうことにした。手のひらをしっかり広げて指を揃えて、餌を真ん中に置く。手をまっすぐ前方に伸ばして、静かに待つ。

待つほどもなく、ヤマガラが飛んできて、二人の手の上の餌を順にとっていった。少し冷たくて柔らかな足が手のひらに乗り、小鳥の体重も感じることができた。小さな感激。


その経験があったので、雪の朝、ふと思いついてヒマワリの種を手のひらにのせて宙に突き出してみたのだ。雪の積もった朝に思いついたのは、やはり大菩薩峠で聞いた話の記憶が手伝っていたのかもしれない。

「ほらほら、餌箱はカラだし、おなか空いてるでしょ？　どうぞ、この手から食べてくださいな」

ベランダに出たときからすでに小鳥たちは近くの木々に集まり始めていた。が、あまりその姿は見ないようにして。鳥は人の顔が怖いそうな。ので、顔を下向き加減に待った。

「鳥は人の顔が怖い」と教わったのはドキュメンタリー映画監督の、姫田忠義さんから。姫田さんがスペインのバスク地方へ鳥の狩猟を取材に行った時の話だった。開けた丘陵地帯で鳥を獲る独特な狩猟法を撮影しに行ったのだが、狩りをしている人から、「鳥に顔を向けるな」と厳命されたそうだ。鳥は、人の顔が毛にも羽にも覆われていなくて、笑ったり口を開けたりと皮膚が動くのが怖いから、人の顔が見えると逃げてしまう。だから、鳥の方を向いてはいけない、と。とはいえ鳥の狩猟法を取材、撮影に来たのに。見たいけど見られなくて、本当に困りました。と、姫田さんが主催するアチックフォーラムの上映会の後にその話をしてくれたことがあって、とても印象に残っている。

それが頭にあったので、なるべく下向きで待った。いちばん近くの枝にいるヤマガラが、どうしようどうしよう、とモジモジしている様子がなんとなくわかった。うつむきながらも横目でチラ見していたのだ。姫田さんではないけれど、やはりこの場合鳥の様子は窺いたい。

しばらく、といってもほんの一、二分だと思う。意を決して飛んできたヤマガラ一号が、手のひらに飛んできてヒマワリの種を一粒くわえて行った。やった。来てくれ

六

てありがとう。またヤマガラの体重を感じられて、心が「ウキ」とした。

ヤマガラは、赤茶色とグレーと白、それに黒が少しさしてある、しゃれた色合いの鳥だ。体長一四センチと小さく、丸っこい体。小さなくちばし、黒くてまん丸の目、と、とにかく全体が愛くるしい。金色の目で太って大きなシメとはまるで違う。こんな可愛らしい鳥が、我が手のひらに来てくれるとは。高尾や明治神宮のおじさんも、それは可愛くてやめられなくなるだろう。もう、小鳥さんだけがお友達よ。

手に来てくれたのはうれしかったが、それからあと一、二度朝の餌やりのときに手に来てもらって、あとはもうやめた。餌箱があるんだから。餌箱から食べてもらえばいいのだ。無駄に勇気を絞り出させるのはハラスメントのように思えて、気が咎めた。

ヤマガラとシジュウカラは餌箱の順番を待ってお行儀がいい、と書いたが、たまにはちょっとしたきっかけで小競り合いになることもあるようだ。

一度、大喧嘩に発展したことがあった。家の中で過ごしていたある日の午後、突然西側の窓ガラスに何かがぶつかり大きな音がした。そのすぐあと、こんどは屋根になにかがバシッと落ちた音。

それほど重量のあるものではなさそうだが、かなりの勢いだ。いったいなんだ？　びっくりして猫と顔を見合わせていると、さらに今度は東側の窓に同じような衝撃音。急いでその窓を開けて下を見ると、地面でシジュウカラとヤマガラが取っ組み合いをしている。どちらかというとヤマガラ優勢。シジュウカラは仰向けになっていて、ヤマガラがその上から覆いかぶさって、もみ合い状態だ。お互いいつもとは違う声で喚きあっている。

人の喧嘩も嫌だけれど、小鳥の喧嘩も見ていられるものではない。むしろ人の喧嘩よりも本気なだけ、恐ろしい気がする。喧嘩というか、果たし合いか。いやだね～としばらく窓を離れていたら、静かになったので、そっと窓から先ほどの現場をのぞいてみた。すると、シジュウカラが落ち葉が散り敷いた地面の上に横向きに倒れていて動かない。わ、どうしよう。介抱をしたほうがいいのか？　でも、小鳥の介抱の仕方など知らない。そもそも、鳥の世界の揉め事に人が介入するのはいかんのではないか。だけれども、喧嘩のもともとの原因といえば、たぶん餌箱なのだろうし、とするとこの倒れているシジュウカラは、あの餌箱の犠牲になったと？　オロオロ考えを巡らせていても仕方がない、とにかく様子を見に行こうと玄関を出て、その場所へ行ってみた。

果たして、先ほどの現場からシジュウカラは忽然と消えていた。さっき窓から見たときは、あんなに具合が悪そうだったのに。いや、具合が悪いを通り越して、息絶えた様子で横たわっていたのに。その姿がどこにもない。ということは、気絶していただけだったのか。それが目を覚まして、無事に飛んで行ったのだろうか。だとしたらよかったが。あっという間の展開で、判断が追いつかない。自然の世界は計り知れぬものよ。

シジュウカラとヤマガラの体の大きさはほぼ同じ。図鑑によると、シジュウカラが一四・五センチ、ヤマガラが一四センチと少しだけシジュウカラの方が大きいけれど。今回の出入りでは、たまたまヤマガラに軍配が上がったということなのだろうか。

グレーの背中に白い胸、黒いネクタイを胸に垂らしたダンディーな出で立ちのシジュウカラ。ツピーという鳴き声もよく通り、姿も可愛らしい。ベランダに出て洗濯物を干していると、しきりに周りを飛び交う。すぐそばを飛ぶときの乾いた力強い羽音が心地よい。

シジュウカラは、冬になると地面を歩き回って落ち葉を掻き分けて餌を探している。窓の外に耳をすませると、カサコソと落ち葉の中をだれかが歩いている音が聞こえて、時々人の足音かと思うほどだ。根気よく、乾いた枯葉の音をさせている。

何年か前の冬、シジュウカラよりも大きな鳥が、やはりずっと庭を歩き回っていた。さすがにシジュウカラより大柄なだけあって、落ち葉を派手に掻き分けかっ飛ばして歩いている。灰色基調の地味な体。なんという鳥だろう、と窓から単眼鏡で見続けた。大柄だけど、体型はスッキリと均整が取れていて、黒くて大きな丸い目が愛らしい。おなかの部分が淡い色だ。図鑑で調べた結果、シロハラと判明。大型ツグミ類と知り、姿形の可愛らしさに納得した。それにしても、可愛い姿に似合わず落ち葉の掻き飛ばし方が威勢よく豪快だ。小さなくちばしでコマコマとつつき回るシジュウカラとは役者が違う。

シジュウカラがいると思えば、ゴジュウカラもいる。こちらは少し見た目が違う。流線形に低く姿勢をとって、木の幹に体を押し付けるようにして動き回り、あまり足を高くして立ちあがらない。木の幹をつつきながら逆さになったり縦になったりして忙しく移動をする。たまに餌箱にもやって来るが、さほど興味がないらしく、またすぐに山桜の幹に戻って忙しそうに動き回っている。ゴジュウカラは胸にネクタイはなく、かわりに目の前後に黒くて太い隈取《くまど》りが一本通っていて、これがキリリとした印象だ。この隈取り線のことを「過眼線」というと図鑑で知った。

桜の幹を訪問してくるのは、ほかにアカゲラ、アオゲラ。キツツキにはさんざん木に穴を開けられてきた。それでもこの鳥の姿を見ると少し興奮する。赤や薄緑の色合いが美しく、また模様も華やか。小鳥とは違って大きいけれど、細身で姿勢がいい。

ピョーピョーいう笛のような鳴き声が聞こえると、「お、アオゲラさん来たぞ」とうれしくなる。アカゲラは「ケケケケケ」と愛嬌のある声で存在を知らせてくれる。いるいる、アカゲラさんが。

少し向こうの林の方からキッツキが木を叩いている音が響いてくるのはいいものだ。タラララララ、と少しエコーがかかった硬い音。が、我が家の庭の木をつついていると、「もうそのへんにしておいてください」と弱気になる。

まだこの家に来るようになって間もないころのこと。朝まだ寝ていると、ひどく勢いよく戸を叩く人がいると思って目を覚ましたら、それはノックの音ではなく、アカゲラが玄関ポーチの軒をつついていた音だった。見事にピンポン玉くらいの丸い穴があいていて、急いで父が板を打ち付けて、その穴を塞いだ。まだこの辺りに家が二、三軒しかなかったころの話だ。

姿は見えないけれど、鳴き声の聞こえてくる鳥は多い。夏になると声を轟《とどろ》かせるカッコウ、春に声を限りに叫ぶコジュケイ。一度だけ、夏の夜入浴中に、浴室の窓のすぐそばからヨタカと思われる声を聞いた。ヨタカの声を聞いたのは初めてだった。そしてそれ以後も聞いていない。キョキョキョキョキョキョ、とおとなしそうに鳴いていた。浴槽に浸かって、何度もその声を聞きたくて、じっと鳴き声を待った。その話をこの土地で生まれ育った人にしたら、昔は夕方になるとヨタカが暗くなった空に数多く飛び交っていた、と話してくれた。ヨタカは夜行性で、夕方になってから飛ぶ虫を狩る習性だ。

夜聞こえてくる声といえば、それはフクロウ。「ホッホー」と第一節が始まって、しばらく間があき、鳴くのをやめたのかな、と思うころ、ようやく第二節を「ホロッホホッホー」と聞かせて落とす。これをゆっくり繰り返す。家の裏や南側の方からも聞こえてくる。夏も冬も、「ホロッホホッホー」。

子供のころ、静岡は富士の祖父母の家へ行くと、すぐ近くにあるお宮さんにクスの巨木があり、ここに「ポスカス」というコワイものが住んでいて、悪さをするとこのポスカスとやらに連れていかれると言い聞かされていた。それを聞いて特にコワイとも思わなかったが、今思えば、このポスカスの正体はフクロウだったのだろう。ただ、そのポスカスの声を聞いたことはなかった。富士の家に行ったときはいつもいとこたちが結集して、起きている間中大騒ぎだったから、フクロウの声などに耳をすましている場合ではなかったのだ。フクロウの声は、静かにしていると聞こえてくる。

いっぽう耳をすまさなくても大絶叫で驚かせるのがキジだ。日本の国鳥の、キジ。鳴かずば撃たれまい、といわれる、キジ。赤に緑に黒に茶に、かなり派手ななりをして「ケンケーン」と鳴き叫ぶ。その鳴き声から、勝手に愛称は「ケンちゃん」と決定。ケンケンの鳴き声の後にドドドドドッと羽根を鳴らしたりもしてにぎやかだ。が、そこらを歩いている姿はおっとりとしていて暇そうで、まるで日曜の午後、カーディガンにサンダルをつっかけて近所の本屋さんへ出かけるミスター・サラリーマンのようにも見える。とはいえ、大股で一歩ずつゆっくりと足を運んで歩く姿は、なめらかな動きでエレガントだ。派手な体に美しく長い尾。目立たなくしようと思っても無理な相談。実際派手ななりの雄は頻繁に見かけるが、茶色ベースの地味な色合いの雌は見たことがない。

以前、母と午後のんびり部屋で過ごしていたら、窓の向こうの空き地をキジのケンちゃんが歩いていた。様子を見ていると、その時もケンさんは暇そうで、地面をつつきながら歩いたり、空き地にある岩の上に意外にも身軽に飛び乗ったりしていた。岩のてっぺんに立っても面白いことはないらしく、また地面に飛び降りた。その飛び降りる様子がいかにも暇でつまらなそうで、思わず笑ってしまった。

小鳥と違って大きな鳥は動作がゆっくりしていて、どちらかというと人間臭い。駅まで歩いているときも、道脇の土手をガサゴソ歩き回るケンちゃんを見かける。「あらケンちゃん、元気にしてる?」と声をかけたくなるほどだ。もちろん、びっくりさせてはいけないので、見て見ぬ振りをして通り過ぎるのみ。

今日も餌箱には、シジュウカラとヤマガラの訪問が引きも切らない。角刈りダンディー、アトリのアニさんもたまには来ないかな。仕事机にすわっても、窓の外の餌箱ばかり眺めている。

七　高原病院の章

こちらに越してきてから半年弱、昨年二月半ばのことだった。立春のころから体調が妙に悪く、夜中に目が覚めるとなかなかそのあと寝付けない。心臓の鼓動が必要以上に大きく速く感じられ、それを気にしていると徐々に手先や唇がしびれてくる気もする。体全体が絞られるような感覚。苦しい。寝なければ、と強く思って腹式呼吸など試みるけれど、百回以上数えてもまだ眠りに入れない。ふだんはひと呼吸ごとに階段を降りるように眠りに入っていけるのに。すぐ隣で体を長く伸ばして熟睡している猫がうらやましかった。

昨冬は本当に寒かった。何もかもが凍ってしまうような気がして、気が休まらなかった。初めての越冬はやはり厳しい、と痛感するばかりだった。住む場所を移動するだけでも大事《おおごと》なのに、寒さの厳しい場所へ来たので、その分負担が加味される。暮らしのベースがまだ出来上がらずにいるところに寒さの追い打ち。それでも自分では機嫌よくやっているつもりだったが、日々の暮らしは次々に予期せぬ事が襲って来る。

　何か用事や仕事をしているときはそれほどでもないが、部屋で静かにしているときなど、だんだん心臓が大きく鼓動を始め、気になりだすと止まらなくなる。寒さに対応するだけでも精一杯のところにこの体調不良とは。たしかに十月をすぎると急激に気温が下がってきて、しょっちゅう風邪気味の状態を繰り返していた。体がまだこの地の気候に慣れていないのだ。

　それ以上に、周りにほとんど人のいない山村に住まうことじたいに慣れていなかった。夜部屋にいると、外壁や屋根に何かがぶつかるドコッという音がして、その度にドキリとした。どうせ木の枝や松ぼっくりがぶつかった程度の音なのだろうが。遠くから近づいてくる風に木が揺れる音にも、耳がビクビクした。家の周りには何もないはずなのに、その闇に何かの気配を感じて固まることもしばしばだった。これだってただの思い過ごしだろう。裏を通り過ぎる小海線の音が近づいてくると、胸がかすかに痛くなりだしたのも、年が明けてからしばらくしてのことだ。それまでは、気にも留めずにいた音だったというのに。ちょっとした音に反応して、そのたびに心臓がキュッと緊張した。

とどめはトイレの凍結だった。何日か前から様子が変だったが、ある朝とうとう流れなくなってしまった。長い棒でつついたり、お湯を流したりしても効果なし。自分ではこれ以上どうにもできないと観念して、管理会社に電話をして応援を頼んだ。管理会社A氏、即登場して、まずトイレの中をチェック、さらに車から大きな手袋を出してきてはめ、外の便槽の蓋をとって様子を見た。結果、「僕には何もできないので」と、その場で専門業者に電話をかけてくれた。すると、今日はあちこちでトイレが凍結しているらしく、順番に回ってもらっても、今日中に来てもらうのは無理だという。そこをなんとか、とA氏もかなりねじ込んでくれたが、やはり無理なものは無理。

「まず、お勧めするのはお帰りになることですね」

と、A氏。そんなこと言うたかて、帰れまへんがな。猫がいてるんで、猫連れて移動でけへんのですわ。と心で答え、

「検討します」

と多忙のなかを来てもらったことにお礼を述べるにとどめておいた。

七

それでもA氏はヒントとしていくつかアドバイスをくれた。便槽はまだカラの状態に近いので、凍っている部分にお湯をかけて溶かしてみると解決するかもしれぬ。また、トイレの室内をこれ以上冷えないように温めておく、などなど。

よし、こうなったらトイレ解凍プロジェクトを即刻開始だ。まずは、小さな電気ストーブをふたつ便器の左右に設置し、暖房スタート。今度は外の便槽凍結部分の溶解に努める。

最初に、洗面所のお湯が出る蛇口に長いホースをつけて、窓から外に出して垂らした。次に、むかし諏訪のホームセンターで買ったカモフラージュ柄のヤッケ上下を着て、マスク、それからA氏のように大きな手袋も装着し、いざ外へ。ホースを垂らしてある窓の下に置いた脚立に昇り、窓から手を入れてお湯を出すよう水栓をひねった。湯温の設定は最高温度だ。

便槽の蓋を開け、凍結している部分をめがけてホースでお湯をかけた。よし、これで溶けろよ〜。と思う間もなく、気温が低いためにものすごい湯気であたり一面が真っ白になって何も見えなくなってしまった。まるで煙幕。ホースを置いてまた脚立に昇り、水栓をひねって湯を止める。湯気がおさまったらもう一度お湯をかけて、再び煙幕。お湯が凍結部分にきちんとかかっているかが見えなくては、お湯をかける意味もない。なんと効率の悪い。それでもなんとかやり遂げなければ。お湯かけ、煙幕、一旦休み。お湯かけ、煙幕、一旦休み。これを何度も何度も繰り返した。もう必死。が、目に見える効果はなし。凍結部分は依然として固まったままだ。どうすんのよ。

お湯かけオペレーションは一時断念し、もう一度家の中へ。トイレに棒を突っ込み、何度も突いてみる。少し流れたような気もするが、水のペダルを踏むと、また元どおり。あ〜、もう。

それでも少しずつは流れるようになったので、全面解決はしていないが、今日はこのまま様子を見ることにした。ホースや脚立も片付け、虚しく便槽の蓋を閉めた。トイレの中の電気ストーブはつけ続けた。これ以上凍結が進まないように。

上下のヤッケを脱ぎ、洗濯機に入れ、手を洗いマスクをゴミ箱に捨てた。疲労コンパイ・セグンドfromキューバ。思いつく限りのことを精一杯やったが結果は得られず、徒労感だけが残った。身も心も、ボロ雑巾状態だ。

それでも午後はよろよろと仕事をして過ごした。トイレも全面解決はしていないが、そっと使ってなんとかやり過ごしていた。しかしこれでは気が休まらない。どうしたらいいだろうか。一日中悶々と過ごすことになった。

夕方になって何気なく鏡をみると、右の白目に赤いかたまりができていた。時々できる、疲労限界の赤信号だ。しかも、かなり大きい。心臓もさらにドキドキしている。四十代のころよくなった、心臓の「風の又三郎」状態。「ドッドドドードドードドー」と不規則に動悸する、あれがよみがえったのだ。あのころほどハードに仕事をしているわけでもないのに。体全体が重だるく締め付け感があり、心なしぐったりした感じだ。胃の辺りが捩《ねじ》れるようで、具合が悪い。

何日か前から、あまりに動悸が気になるので、Webで検索してはいくつものサイトを見ていた。結果、どうも自分は「狭心症の疑いがある」との判断を下した。いろいろな症例を読んでいると、その日まで会社でいつもどおりに仕事をしていた人が、具合が悪いので病院で診察を受けたら、狭心症の診断を受け、即入院、という記述もあった。自分もこのケースなのでは、と見当をつけた。こんなに具合が悪いのだ、やはり病院へ行ったほうがいいのではないだろうか。明日の朝目が覚めて同じように具合が悪かったら、思い切って病院へ行こう。そう思い、早めに床についた。もしかしたら、明日朝になっても目が覚めないかもしれない。このままダメかも、と思い詰め、これは寝る前に兄に電話しておいたほうがいいかとも考えた。が、もしも大丈夫で朝目が覚めたら、一晩中無駄な心配をさせることになる。それは心苦しいので、一人静かに寝ることにした。やはり布団にはいってもドキドキするし、眠っていても動悸で目が覚めると、指先がしびれる感覚があった。

朝になって起きてみると、さらにサイコー調子悪い状態だ。ぐったり感がひどい。これはもう病院に行くしかない。すぐに入院かもしれないので、二十リットルのリュックにタオルや歯ブラシ、パジャマに替えのパンツなどを詰めて入院に必要と思われる支度をした。支度をしながら、膝にリュックを置いたまま、泣き出しそうになった。心細かった。いったい自分は一人でここへ来て何をしているんだろう。

しかし、ここで泣いたらいけない。泣いたらそのまま暗い井戸の底まで落ちて、上がってこられなくなる。懸命にこらえて支度を完了した。

富士見高原病院のことは、サイトを見て調べてあった。予約はいらないこと。初診の受付は午前十一時三十分までのこと。ただ、隣のA子さんから聞いていた、「行くんだったらコウゲンビョウインよ」のコウゲンビョウインとは、調べておいた富士見高原病院でいいのだろうか。いちおう確認したほうがいいだろう。タクシーを呼ぶ前に、電話をして尋ねたら、

「そう、富士見の高原病院よ」

よかった。

A子さんはちょうど東京から帰るところで、インターに入る直前に電話を取ってくれたのだそうだ。病院に行くと聞いて、

「送って行ってあげたいけど、これから戻ったんじゃ受付に間に合わないわねえ。でもタクシーで行くんじゃ高いでしょう」

と言ってくれる。そんな、送ってもらうなんてめっそうもない。「とにかくあとで

行くから」と言ってもらい、なんだか申し訳ないような、でも同時にとても心強く、あたたかい心がなによりありがたかった。
　タクシーに来てもらって、リュックを背負《しょ》って病院まで。入院になったらしばらく猫に会えなくなるかもしれぬと思い、フードの容れ物をよく見えるところに並べ、お茶碗にもいつもより多めに盛り付けた。抱き上げてお別れのハグをしても、少ししただけで身をよじって床に飛び降り、梯子を昇って屋根裏の柵からじっとこちらを見下ろしている。出かけることがわかったときの、拗ねポーズだ。入院の場合は緊急時ということで、猫の世話は周りの人に頼もう。

　病院までの道のりはいい道だった。下の大きなまっすぐの道ではなく、おだやかなカーブが続く古くからある眺めのいい細道だ。長い時間をかけて、人の足が歩いてつくった道だとわかる。走って間もなく県境を越え、長野県へ。畑と古い民家が点在し、たまに森や林を抜けて行く。向こうの山並みは、雪で真っ白だ。なんてきれいなんだろう。雪の積もった白い山肌から裸木が無数に生えていて、山全体がブラシかタワシ

七

のようだ。季節がめぐるとこの雪は消え、木々には緑の葉が繁って山の様相は一変する。遠い山は黒く見えることだろう。

ああ、いいなあこの景色。と思ってタクシードライブを楽しんでいる自分は、果たして具合が悪いのか、それともそうではなくてなんともないのか。いや、やはり具合のよくない気はする。

ちょうど三十分で病院に着いた。料金は五千円弱。その倍くらいかと大まかに見積もっていたので、少し得した気分だった。

中くらいの規模の病院だった。玄関の間口も両開きのガラスドアが二枚ほど。玄関を入ると、天井が低めのこぢんまりしたロビーで、受付のカウンターはすぐそばにあった。それほど混雑してはいないし、かといって人がまばらにしかいないというわけでもない。部屋の広さも天井の低さも、すべてちょうどのほどよい空間。

このごろの大きな病院は、ロビーが巨大な吹き抜けで脅かすような建物が多い。あれは病院として落ち着かなくていただけない。ここはそうではなくて、とても安心感がある。初診受付、内科の受付、どの人もみな穏やかで感じがいい。ああ、この病院なら大丈夫。ホッとした。

富士見高原病院は、もとは大正時代に高地療養のために創設された、結核療養所、サナトリウムだった施設だ。高原のサナトリウムといえば、堀辰雄。まさにその堀辰雄もこの病院に入院した一人だった。堀自身も結核を患ったが、やはり病を得た堀の婚約者、矢野綾子も入院し、一緒に堀も滞在した。入院五ヶ月後に矢野が亡くなったことで生まれたのが、小説『風立ちぬ』だ。小説は二度映画化され、ともにこの病院がロケ地となった。その前後にも、ここで十本以上の映画が撮影されているそう。

高校生のころ、軽井沢、高原のヴィラなどの言葉にひかれ、ロマンチックな気分になって堀辰雄や立原道造などに親しんだ一時期もあったが、この多くは母の影響。それでも、その堀にゆかりのあった病院に自分がかかることになろうとは。

サナトリウムから総合病院へ移行させたのが、初代院長の正木俊二。長野生まれの正木は文学にも親しみ、不如丘《ふじょきゅう》の名で著作がある作家でもあった。病院経営難の際には、自分の原稿料でそれを補ったという。不治の病であった結核の療養所は近所から疎んじられる面があり、それを打開しようと診療科を増やして総合病院にしたのは正木の慧眼だ。文学者でもあった正木との縁もあって、堀をはじめいく人もの作家がこの病院で療養をしたという。

今の病院は鉄筋の建物だが、二〇一二年までは当時の病棟が残され、旧富士見高原診療所資料館として開放されていたそう。堀辰雄の資料なども展示されていたようだが、耐震問題もあり、解体された。今は院内に資料展示の場所があり、病院の診療時間内なら見学できるそうだ。

内科の受付でもらった問診票に、動悸がする、手がしびれる、胸が苦しい、体全体が雑巾絞りの感じ、しかるに心電図、CTスキャン、並びに血液検査をしてほしい旨を書いた。思いの丈を余すところなく書いたので、むしろひと仕事したような達成感さえ味わいながら、受付の人に渡した。

待つほどもなくまずは看護師さんに診察室の手前の小部屋に呼ばれ、問診票の内容を確認される。次いで「先に検査しちゃいましょう」と案内され、心電図、CT、血液検査とスイスイ進む。待合室に戻ってベンチにすわっていると、間もなく診察室に呼ばれた。同い年くらいの眼鏡をかけた男先生だ。

「血液検査の結果はまだ出ていないけれど、心電図、CTともに異常ありませんねえ。いい心電図ですよ」

「え？　そうなの？」

驚きながらも、一瞬で心の中の黒いかたまりが溶解した。

「ああ、安心しました。ありがとうございます」

が、ではどうしてこんなに具合が悪かったのか。とはいえ、診察は先生の検査結果の解説を聞くよりも、こちらが先生の質問に答える形で進んでいった。お医者さんに、自分の話を聞いてもらえるありがたさ。半年前に引っ越してこちらにきたこと。ここ十日くらい具合が悪かったこと。このところ、寒さでしんどかったこと、家で一人で仕事をしていることも話した。先生は時折こちらに顔を向けて目をじっと見合わせては、患者の言葉をほぼすべてキーボードを爪弾いて記録している。

「先生、本当に具合が悪かったんです。即入院かと思って、リュックにその準備も詰めてきたんです」

「でも今日、自分でリュック背負ってここまで歩いてきたんでしょう？」

「え？　歩いて来ていません。タクシーで来たんです」

「でも、病院の玄関からこの診察室までは歩いてきたよね」

「……はい」

つまり先生は何を言いたかったのか。ぼんやりとわかってきたような、まだはっきりしないような。

後から結果の出た血液検査も問題なし。

「二、三件まだ出ていないデータもあるけれど、あんまり異常があったら連絡します。まあ大丈夫でしょう」

ということで、何がどう悪いのかは全くわからず、キョトンとして診察室をあとにすることになった。

「薬出しときましょうね」

と一種類出してもらった薬の袋に記してあった注意書きは、「とんぷく　不安時におのみください」。一回一錠、五粒のみ。うむ。こういう診断だったのか。妙に納得して、大事にお薬袋をリュックサックの隅にしまった。リュックに詰めてきたものを使うことにならずに本当によかった。

心電図やCTの結果をきいた最初の診察の後、血液検査の結果を待っている間に、A子さんが病院まで来てくれた。ぼんやり待合室のベンチに座っていたら、向こうからこちらへ向けてまっすぐに歩いてくるA子さん。彼女の姿は、聖母マリア様のようで、心強く頼もしかった。

ふと映画「バックマン家の人々」の印象的なシーンを思い出した。高校をドロップアウトした娘が家出をして勝手にボーイフレンドと結婚したあと二人で戻ってきた。その若い夫が自動車レースに出て事故に遭ったとき、娘はどうしていいかわからず、それまで忌み嫌い遠ざけてきた母親に助けを求める。レース用の車がうようよと停まり煙が立ち込めるレース場の中を、しっかりとした足取りで歩いてくる堂々たる母の姿。取り乱して「ママ！」と母にすがりつく娘に、「こういうときだけママになるのね」

としらけた調子でつぶやいたあと、「これが結婚よ」と強く言い聞かせた母。この母親役はダイアン・ウィースト、かっこよかった。戯れにレースに出た夫の役は、おお、若きキアヌ・リーブスであった。

A子さんは、東京からの帰り道だというのに、さらに三十分かけてここまで来てくれたのだ。振り返って、自分にはそんな慈悲の心があるだろうか。そんな無償の奉仕の心があるだろうか。教えられることが大きい。駐車場に車を停めてきたご主人も、少しあとに登場。本当に本当に、ありがとうございます。

結論どうも大したことではなさそうだとわかり、三人で心もほぐれ、この病院の売店で売っているA子さんお勧めのパンを山ほど買って、帰路についた。帰りはご主人の運転で車に乗せてもらい、なんとも快適なドライブであっという間の帰宅となった。

こらえ性のない性格なのか、病院へ行ってきてからも「いま、自分は不安かもしれない」と感じることがあると、そのたびにとんぷくを一粒ずつ服用し、十日ほどでもらってきた五粒すべてを飲み切ってしまった。が、そのころには確かに夜中に動悸で目が覚めるようなことはなくなっていた。小海線が近づいても胸は痛くならない。

ヘーキヘーキ、となんでもないつもりでいたが、やはり一人山へ越してきたことで、不安や緊張、心配などは、自覚している以上に大きかったのかもしれない。大きな家具を移動したり、大量の本やいらないものを処分したりと孤軍奮闘、体もずいぶん使った。いくつものガス器具や窓ガラスの取り換え、家の外周りのメンテナンスなど、自分にとっては大きな買い物もあれこれした。

「ちょっと待ちなさい。もう少しゆっくりやっていくように」

と体が訴えたのだ。山暮らしの洗礼を受けたということでもあるだろう。

これがちょうど一年前。安になることもなく、なんとかやってこられた。最速ギアに入れることは避け、ペダルを踏んで気持ちよく走る自転車くらいのペースがいいようだ。

この冬は昨冬にくらべると気温が高く、トイレも凍らないし、ずいぶん楽だ。寒さに対する多少の免疫もできたのかもしれぬ。それでも高原病院でもらったとんぷくのお薬袋は、空になってもまだお守りのように引き出しの中にしまってある。

八　松本遠足の章

山村に暮らして一年半近く、月に二、三度は用事で上京するものの、反対の岡谷、松本方面へ出かけることはほとんどなかった。昨秋友人と塩尻経由で中央西線に乗り換え、中津川と奈良井へ行ったが、あとは皆無。越してくる前は、諏訪にも松本にもちょいと行けると思っていた。さらに大糸線に乗って南小谷までだって行けるから、黒姫も見て来られる。南へ行くなら飯田線に乗って、フォッサマグナを体験することも。なんだったら北へ向かって糸魚川までだって足を伸ばせる。と、妄想は果てしなかった。が、実際に越してきたらどうだ。まるでどこへも行けていない。

とにかく暮らしを整えること、この地に慣れることに精一杯で、用事もないのにどこかへ遊びに行くなどという時間も作れなければ、気持ちの余裕もなかった。

本当は小淵沢から先の中央本線の車窓風景が好きで、早く乗りたいとは思っていた。小淵沢と新宿の往復はこれまで数えきれないほど乗っているので、だいたいのところは頭にはいっている。中央線の車窓風景は値千金だ。車の道路、中央高速とほぼ並行して走っているが、山の間をゆったりと蛇行しながら進んで行くコースは右に左に次々と山が見えて、変化に富んだ眺めは飽きることがない。特急あずさに乗車している二時間はあっという間だ。

新宿から八王子までは、びっしりとビルや住宅が建ち並ぶ東京郊外の街の風景が続く。線路は西へほぼ直進し、武蔵野を突き進む。住宅が密集する中にもときどきこんもりした木立が見られて、あれは武蔵野の森の名残なのかと眺めたりもして。八王子手前の多摩川を渡るときは、広々とした河原と遠くに架かる橋が見えて、気持ちが明るく開ける。必ず見届けたい場所だ。

鉄道に乗っていて、大きな楽しみのひとつは川を渡るとき。鉄橋を渡るときといえばいいか。川岸に、川の名前を記した青い看板が立っているので、それを必ず読む。多摩川なんて看板を読まなくても多摩川だとわかっているのだけれど、それでも急いで青い看板を目で探し、「多摩川」と記された青地に白い文字を読んで納得するのだ。「よし、多摩川渡った」。多摩川の次は浅川、それを過ぎるともうすぐに八王子だ。

八王子を出発すると次第に山が近づいてきて、もう窓から一瞬たりとも目が離せない。高尾から陣馬景信方面の登山口近くを通ると、一瞬見えるのは小さな釣り堀。これまた必ず確認する。山懐《やまふところ》に抱かれた街道沿いにある、立地が少々寂し気な釣り堀だが、陣馬山の登山口へ向かってバスに乗るときに通過する、懐かしい場所だ。

この辺りはまだ高い山ではないが、雑木も多く、季節ごとの木々の表情が車窓からも楽しめる。

何年か前の四月の半ばだったが、小雨模様の日に山の家へ出かけたことがあった。出かける日に好天でないと、やはり心はいまひとつ浮き立たない。八王子から一人特急あずさに乗車し、荷物を網棚にあげたり上着を脱いだりしたあと、ようやく席に落ち着いたところで、ぼんやりと窓外に目をやってハッとした。窓外の山では山桜の盛りだった。雨に煙った山の斜面で白い花を咲かせている桜の木々。満開の桜の木を一本ずつ取り囲む護衛のように、薄緑や赤みを帯びた、あるいは銀色の新芽を吹いていている雑木の数々。芽吹きの淡い色合いが隣り合って調和し、さらにそこへ白い雨が薄布をかけたように色調を柔らかくぼかしている。息を呑む眺めだった。今日が雨でよかっ

八

かったただろう。

た。明るい陽射しが降り注ぐ天気の下では、このしっとりとした美しさには出会えな

やはり日本の風景は雨だ。沢木耕太郎さんは、砂漠の旅の途中、山本周五郎の小説『さぶ』の冒頭、雨の降る橋のシーンを読んで突然日本の湿り気のある空気を想起する。そして図らずも望郷の念を生じた自分を意外に思う。名著『深夜特急』の印象的な記述だ。この本を読んだころはまだ外国へ出かけたこともなかった。日本を長く離れていると、そんな心持ちになるのだなあ、と思ったくらいだった。が、その何年後かに、やはりそんな思いを自分でも経験することになった。もう三十年余りも前、展覧会のためにハワイの小さな町に長逗留していたときのことだ。年長の知人から、泊まっていた下宿宛てに『奥の細道』の写真集を送ってもらったのだ。これにはガビンときた。

表紙のカラー写真は、たしか雨降りの竹林。滞在していた場所にも竹林はあるし、雨もよく降るが、日本の竹林に降る雨は、ハワイの竹林に降る雨とは違う。熱帯植物の色鮮やかで肉厚の花や、オバケのように巨大な葉っぱなどに囲まれた毎日に、突然

『奥の細道』が訪ねてきた。しっとりと、なにもかもが小さくおとなしい日本の自然を思い、望郷の念がつのった。

雨の日に出かけ、特急あずさの窓外を飾る美しい光景を目にして、さらに昔のあれこれを思い出すうちに、好天ばかりがいいとは言い切れないな、とあらためて思った。世界の国々で撮影をしてきた写真家の佐藤秀明さんは、日本の各地を回って撮影をするのに「雨降りの日も中止せずに撮影に出かけるようになった」とおっしゃっていた。その言葉も含んだうえで佐藤さんの写真を見ると、雨の日の写真のひときわ味わい深いこと。晴れなら○、雨なら×、と単純な思考は捨てなければ。危険なほどの雨ならやむを得まいが、普通の雨降りは、傘と長靴とカッパを用意して、厭わずに出かけて行こう。確かに昨今の雨降りはちょうどいい加減に降るばかりではないので、難しいところではあるのだが。

高尾山を抜け、相模湖をすぎて、藤野の山並みを超えると上野原だ。ここはもう山梨県。上野原の駅前は、桂川が広くなってゆったり流れ、水郷地帯の様相だ。山の間を走ってきたこともあり、このひらけた風景も必ず見たいポイントのひとつ。上野原の先では蛇行する桂川をまたぐ鉄橋を渡る。鉄橋下に見える畑がそれは美しく整えられていて清々しく、眺めるのが毎回楽しみだ。生き物のように大きく曲がる桂川の脇に、手入れのいい畑が広々と横たわっている。作物によって色が違う何枚もの畑は、まるでパッチワークキルトのよう。河原には、季節によっては釣り人の姿が見えることもある。

　ここからまたしばらく山の間を通って、少しすれば大月だ。北側に大きくそびえる岩殿山の岩肌が現れる。そして間もなく笹子トンネル。長い長いトンネルを抜けると勝沼だ。なだらかに広がる丘陵地は、ブドウ棚に覆われて遥か遠くまで続いている。果物王国は塩山、山梨市としばらく続き、少しずつまた人家が増えてきたと思うと石《いさ》和《わ》温泉、そして甲府だ。甲府は山に囲まれた広大な盆地。その地形が、車窓から手に取るようにわかって面白い。甲府まで来ればこっちのもの。遠く北側に見えてくるのは「偽八ツ」こと茅ヶ岳だ。あとは韮崎の長く続く河岸段丘をじっくり眺めているうちに、八ヶ岳がぐっと近くに見えてくる。南側には南アルプス。もちろん富士山も。富士山は、大月辺りからずっと見え隠れしている。

小淵沢までは線路が右へ左へ曲がるので、八ヶ岳も右に見えたと思うと左に見えてきて、いよいよ以って落ち着かない。

日野春駅は、南アルプスが眺望絶佳。甲斐駒ケ岳、摩利支天、そして鳳凰三山とずらりオールスターキャストが目の前に並ぶ迫力が溜め息ものだ。長坂辺りになると八ヶ岳もしっかり見えて、季節ごとの姿をうかがわせてくれる。

小淵沢の駅に着くと、北側に八ヶ岳が裾を引いた堂々たる姿をあらわす。「ようこそ小淵沢へ」と八ヶ岳が歓迎してくれているようだ。ただ、小淵沢までは線路が切り通しの間を行く場所が多い。そのため、草木に囲まれて展望が開けることが比較的少なく、そこはなんとも残念なことではある。

ただこれが小淵沢をすぎると一転、車窓には大パノラマが展開されるのだ。線路が高架になり、田畑の広がる間を縫って線路は続くよどこまでも。

ひらけた山並みが望め、小淵沢では真南から見えていた八ヶ岳が、次第に形を変えて西側から見えるようになる。八ヶ岳はどちらかというと南北に連なる山塊なので、脇から見たほうが山容を把握しやすい。峰々の見分けもつこうというもの。小淵沢の次は信濃境で、もう長野県。林に挟まれて流れる川、その脇の細長い平らな土地を丁寧に整理した田畑が帯のように続いている。茅野《ちの》をすぎた辺りから、北アルプスの白い山々が姿を見せ始める。諏訪湖は今年はぬるぬるにぬるんでいるようだ。結氷には程遠い。周りにも雪は見当たらない。

さて、小淵沢からどこへ向かっているかというと、本日はついに松本へ出かける遠足の当日となったのだ。今回の松本遠足は、つい数日前に思いついた。その日は朝から真っ青な空が広がり、雨戸を開けると北岳と甲斐駒がそろって真っ白にかがやいていた。空気が澄んでいるのか、日に照らされて光る山肌までくっきりと見える。ああ、電車からゆっくり山を見たいなあ。松本まで行けば、北アルプスも見えるなあ、と思った。その日は予定があって出かけられなかったが、明日の朝起きて山がよく見えたら行ってこよう。そう思ったのだ。雨もいいけれど、山を見るのが目的だとやはり晴天が望ましい。それに冬は雨というより雪になってしまうので、降り込められるとそれはそれで困ったことになる。が、張り切って支度をしておいた翌日は曇天で日延べ。そしてさらにその翌日。朝目が覚めたときは布団の中で、

「別に今日行かなくてもいいかな。うちで仕事してたっていいんだし。誰かと約束しているわけでもないし」

と少し消極的な気持ちになっていた。なんなら今日も曇天であることを、こっそりと望んでいたような気もする。で、雨戸を開けてみると、真っ青な空ではないものの、南アルプスの山が木立の間からピカッと輝いて見えた。自分でも不思議なくらいに気持ちのギアが一瞬で切り替わり、よし行くぞ、という態勢になった。張り切って出発だ。

こちらへ越してから、人と会ってする会話や、年賀状に書いてもらうコメントに、「松本へ行ってきましたよ」という内容が多い。年賀状だけでも五人くらいの人が松本に言及していた。ああ、そうか、小淵沢をかっ飛ばして行ったのね。とは思わないけれ

ど、中央線で行く西の方面として、小淵沢と松本のイメージは近いのかもしれない。たしかに小淵沢から松本まで、普通電車で一時間と少し、特急に乗れば四十分ほどで行ける距離だ。

とはいえ、小淵沢と松本はまるで違う土地柄。まず山梨県と長野県の違いがある。加えて小淵沢、特に山側の集落は戦後開拓の農村であるのに対し、松本は歴史と伝統、由緒のある城下町で文化度も高い。重要文化財、開智学校だってある場所なのだ。今まで何度か行ったが、確かに松本は魅力のある場所だ。大きな町で、文化を感じる。もう三十年以上も前、登山帰りの乗り換えで一時間ほど時間のあったときに、初めて松本駅で降り、一人駅前の古書店に寄り、昔の山雑誌を何冊か買ったことがあった。

今回の目的は、お昼ご飯にそばを食べ、松本民芸家具をゆっくり見て、雑貨店で台所道具を探し、贈答用のお菓子を買うこと。単純至極。

しばらく来ていなかったので、松本に到着してみて少々戸惑った。駅舎も駅前も大きく様変わりしている。完全に浦島状態。駅前広場が遠くまで広がって、街が駅から遠くなった。かつて立ち寄った古書店は、このレンガ敷き駅前広場の真ん中辺りにあったのではないか。

それでも川のある方へ見当をつけて歩いて行くと、あったあった、川沿いのおそば屋さん。まだお昼前だったけれど、さっそく入店。懐かしい店内。お客さんはおじさん一人、小ぶりの丼を手におそばを食べている。お店のおばさんと、店内にあるメニュー見本のショーケースの前で相談して、しっぽくそばを注文した。

おかめそばが好きなので、冷たいおそばの気分でないときは、どこの店へ行ってもよくおかめそばを頼む。お店によって具がいろいろなのも面白いし、食べていて何種類もの具があるのがうれしい。が、このおそば屋さんのショーケースには、おかめそばとしっぽくそばが並んでいて、見た目に見分けがつかない。これはどう違うのですか？　と尋ねたら、しっぽくそばはおかめそばにプラス鶏肉がはいっているんです。とのこと。しっぽくそばとは食べたことがなかったので、そちらを選択して食した。東京のキリリとしたそばとは趣の違う、ポヨっとのんびりしたそばだった。以前このお店で食べたもりそばは、なかなかに切れ味があったと記憶するが。しっぽくそばのかまぼこは、おでんのように煮込んであった。こういう違いが面白い。そばを食べている間に、次々にお客さんが入ってくる。もうすぐ正午、これからお店は忙しくなる時間だ。

松本は城下町だからか、街全体がどこかおっとりとした雰囲気がある。街を歩いていると、辻や歩道にベンチが多い。ちょっと荷物を整理したり地図を見たりと、出かけてきた者にとっては外で腰掛けられる場所があるのはとても助かる。懐の深さ、余裕が街の様子に感じられて心地よい。

おそば屋さんのある通りは川沿いに小さなお土産屋さんが仲見世のように軒を連ねている。よく見ると、お土産屋さんだけでなく、果物屋さんや洋品店もある。ここを歩いて抜け、次の目的地に。今回は、お城にも寄らない。松本城は今まで見たお城の中でも好きなお城だ。絢爛さとは対極にある、シックでスマートなスタイル。三角の千鳥破風も控えめで、黒い壁も抑制が効いている。そんなに好きだけれど、今回は失礼しますね。またすぐ来ます。

次の目的地は松本民芸家具。今すぐにこれが欲しいというものはないが、時々はじっくりと本物を見て、感覚を目覚めさせたい。きちんと作られたものを見るのは刺激になる。全身の細胞が活発に動きだすようだ。

我が家にある松本民芸家具は、小さな椅子ばかり。が、どれも気に入っている。毎日使って何年もたつが、まるで飽きない。飽きるどころかますます好きになる。いっさいガタついたりもしない。しっかり作られた、本物の家具なのだ。

今日も一階、二階、お座敷とじっくり見せてもらい、身の引き締まる思いがした。仕事机の脇に置くとよさそうなバタフライ・コーヒーテーブルが次のターゲット。あとは、引き出しひとつの小さな鏡台。

座面をガマで編んだスツールの使い心地のよさに感じ入っていたので、ガマで編んだ背もたれのあるベンチもいつかは欲しいと思っている。きいてみると、静岡で育てていたガマを何年か前に別の場所に移植したのだそうだ。ようやく順調に育つようになったので制作はしているが、材料が大量に採れないことと、作り手が一人しかいないので、お待ちいただくことになります、というお話。たしかスツールを買ったときも、半年は待ったと記憶する。

八

「二年くらいお待ちいただくことになるかもしれません」

なるほど。長生きしなくっちゃ。

カタログをもらい、長崎の作家さんのものだという茶色の釉《うわぐすり》のかかった小さい扁壺型の花瓶を購入して失礼した。

松本民芸家具を後にして、同じ通りにある雑貨店を何軒か。またもや花瓶大小と絵葉書を購入。花瓶は砥部焼の、どこか河井寛次郎を思わせるフォルムの大振りなものと、サイコロに口をつけたような一輪挿し。どちらも重宝しそうだ。

もう一軒では、やはりガラスの小さめの花瓶と、レモン搾りのついた片口、小皿など。もうひとつ、少し高価なので迷ったが、水滴を購入。色も形もまるでうぐいす餅のような、瓢《ひさご》のような、お店の人は「ウズラのような」と言っていたが、やわらかな曲面が魅力で、机の上に置きたいと思い切って購入した。唐津近くのなんとかいう窯の作家さんの作と聞いたが、地名はそばから忘れた。

お菓子屋さんでお菓子も買ったし、もう思い残すことはない。荷物もいっぱいになって、予定より少し早いけれど、午後一時半の特急あずさに乗って、帰途につくことにしよう。小さい遠足。でも満足した。久しぶりにゆっくりお店を回って買い物をできたことが何よりもうれしかった。

この一年半は、東京へ行っても時間に追われ、用事の合い間に必要なものを買っては飛ぶように次の場所に移動するばかりだった。用事をすませて帰る前は、買い物よりも、友人と会って話をすることが最優先。東京へ行って、友人と会わずに帰るなどあり得ないことだ。友人と一緒に東京で食事をすることは、何よりの心の贅沢。なにしろ山暮らしは三食自炊の連続だ。たまに友人とおいしいご飯を食べながら心ゆくまで会話をすることは、人生になくてはならない最重要事項である。

ただ、その分このところ東京でゆっくり買い物などしたことがなかった。のんびり散歩をしながら気になるお店に入ってじっくりと見せてもらう。そうだ、そういうことはやはりときどき必要なのだ。インターネットでいくらでも買い物はできるし、過剰なほど買ってしまうが、それでも今日のような満足感は得られない。それほど意識はしていなかったが、山暮らしを始めてから、したいけれどできなかったことはこれだったのか、と今さらながらにわかった。松本に出かけてきて、それが思う存分できて満ち足りた。

松本には、お城のほかにも松本民芸館もあるし、映画館だってある。一度出かければ、もうこれからは気負わず気楽に行けるようになるだろう。次に裏を返して、三度目からはもう馴染み。松本だって庭くらいの感覚になれるだろうか。さらに糸魚川やフォッサマグナ探訪も夢ではない気がしてきた。

紙袋を両手に提げて駅へ向かい、正面入り口に掛かった威容を誇る木彫りの「松本驛」の以前から変わらない看板に、「また来るぜ」と声をかけて、駅にはいった。

九　庭の章

二月の終わりから急に空気がぬるんで、春の気配が濃厚になってきた。昨年にくらべたら、ずいぶん早い春の訪れだ。とはいえもちろんこのまま順調に気温が上がっていくわけはない。いつだって春は思わせぶりで、暖かくなってきたと思うとまた急激に寒の戻りがある。決して一筋縄ではいかないのだ。そうそうだまされないぞ、と覚悟はしている。しているものの、現実にこう暖かいと、ついフラフラ庭に出て少し様子でも見てみようかという気にもなってくるのだ。

そういえば、秋に植えた球根はどうなっているだろう。チューリップとスノードロップの球根を買って、大小の鉢に植え込んだ。いつでも様子を見られるようにと玄関ポーチに置いていたが、当然のこと、うんともすんとも言ってこない。いちばん寒い時季に水をやると、そのまま土の上で分厚く結氷して、まるでミニチュアのスケートリンクみたいになっていた。これでは球根も冷凍されて腐敗するのでは。もうがっかり。

九

そんなことが何度もあり、このところ土の表面は落ち葉で覆われた状態のままだった。いわば放置。ネグレクト。どうせもうダメさと思ういっぽう、寒さ除けにもなるし、と落ち葉をどけることもせずにいた。

それを今日、こんなに暖かいのだからと少し落ち葉を寄せてみると。おや？　しっかりツヤッとしたチューリップの芽のようなものが、土の間から顔を出している。もっとよく見ると、こっちにも、あれそっちにも。数えたら八つの芽。まだほんの一センチほどだが、しっかりした発芽を確認できた。この分でいくと、植えた球根十六個分、全部芽を出して花を咲かせてくれるかもしれない。

冬の間中ほったらかしにしていたが、俄然楽しみになってきた。持ち上げたら腰を傷めそうな巨大な鉢だが、落ち葉で覆い戻したあと、両腕に抱え込んで、もっと陽当たりのいい場所に移動してやった。この扱いの豹変ぶりはなんだ。

いっぽうのスノードロップはどうかとこれも落ち葉をそっとどけて鉢土を覗いてみると、こちらもやはりフレッシュな淡い緑の芽がふたつ出ている。おお、忘れずに出てきてくれてありがとう。花が咲いたら、今度は鳥に食べられないように気をつけなければ。

球根といえば、庭に球根植物を植えている人はみな冬の間に鹿に全部食べられてしまうと嘆く。隣のA子さんもチューップを二百個、ユリは何十個だったか、すべてやられてしまったそうな。

「憎らしいのよ。スイセンは食べないの」

ナルキッソス、スイセンが有毒なのは鹿も先刻ご承知か。

このごろは冬になると鹿が庭にくると聞いて、昨冬はかなり楽しみにしていた。が、鹿は姿を見せることなく春が来てしまった。遠く鳴き声が聞こえることはあったが、声だけだった。この冬こそは、と思っていたが、よく考えてみたら我が庭は生垣で囲まれている。鹿が来ようにも玄関のアプローチを回ってこなければならず、そんな面倒なことまでしてこの庭を訪問してくれるモノ好きな鹿はいないだろう。庭に鹿がくるなんて憧れていたが、残念ながら望めそうにない。以前友人が奈良に引っ越したら、「朝玄関に鹿が来ていて」、とワクワクするような話を聞かせてくれて、羨ましかったのだが。

近所の竹やぶがあるお宅では、竹やぶに鹿の家族が住んでいると。いつもは竹やぶの中でのんびり過ごしているが、たまに畑に出てくる。作物を荒らされてはたまらないので大声を出して追い払うが、なかなかそれに反応せず、ナスやトウモロコシを食い荒らしていくそうだ。

冬になると、週末ごとに町内の放送で「鹿、猪などの害獣駆除で猟友会が出るので気をつけるように」と呼びかけがある。どうやって気をつけたらいいかわからない。昔は鹿の噂も猟友会が週末ごとに出ることもなかったと思うが。それだけ動物が増えて、里に降りてきているということだろう。

地域の清掃の日に、表の道脇で草取りをしていたら、

「この道にも鹿、しょっちゅう出るわよ」

と話してくれた奥さんがいた。

「朝早くね」

う〜む。朝早くはここまで出てこないしなあ。見たいみたいと思っていたが、けっ

きょくこの冬も見られずじまいだった。

が、このあいだ聞いた話だと、この冬は鹿が急にいなくなった、と。あまりに激減しているので、これはなにか猟友会とは違う駆除をしているのではないか、と推察している人がいた。猟銃で撃って退治するにはもはや間に合わない数の鹿が繁殖していたということだ。いったいどんな方法で鹿は退治されたのか。

鉢のチューリップが芽を出したなら、ほかのものはいかがかと思い、表の庭の方へ回ってみた。すると、やや、スイセンも集団であちこちから芽を出している。一週間ほど前にチラ見したときはほんの四、五株程度だったが、今はもうあちこちにみっしりと生えてきている。今年もたくさん花を咲かせてくれるだろうか。ムスカリもところどころに、スイセンよりも細い、芽ネギのような芽を出している。まだほんの二センチくらいの丈だ。クロッカスの葉っぱも出ている出ている。

スイセンが十年以上も咲き続けているのは、やはり球根を鹿に食べられることなく生き延びたからだろうか。ほかにも放っておいて咲き続けるのが、昔ホームセンター

九

の駐車場の隅に打ち捨てられていたのを拾ってきたクリスマスローズ。静かにうつむいて、薄色の花をひとつ、ふたつと咲かせる。これまた毎春律儀に咲くのはカタクリの花。少しずつではあるが、株が増えているように感じる。いつも、春になって見るたびに、こんなに大きな花だったかと意外に思う。イメージは、春先に咲く薄紅紫色の可憐な花。したがって大きさもつい頭の中で小さくしてしまうのだが、実際のカタクリの花は堂々たる大きさだ。ほかにはヒヤシンス、オダマキ、ミヤコワスレも春の常連。春の花は小さくて可憐なものが多い。どの花もみな、母が元気なときに植えたものばかり。おっと、クリスマスローズだけは苗を拾ってきた娘が植えたっけ。母はクリスマスローズをあまり好まなかった。

ここで庭仕事を一手に引き受けていたのは母だった。小さな苗木を植え、花苗を植え、花の種を蒔き、落ち葉を掃き、石を並べ。ここに来ている間はずっと庭に出て作業をしていた。ここでの庭仕事が楽しくてしょうがないといった様子だった。丈の長いシャツを着て、手袋、黄色いゴム長姿で機嫌よさそうに竹箒を手にしていた母の姿が今も思い浮かぶ。部屋から見ると、庭のどこかに必ずそんな母の姿があった。

父が元気なころはよく両親二人で山の家に出かけてもいたが、父を家に置いて母一人で何日も滞在することもしょっちゅうだった。その母が、父が亡くなると急に弱虫になって一人で山の家に出かけられなくなった。じゃあ一緒に行こうと月に一度は母娘で食料を背負って通うようになった。娘は山に来ても仕事をしなければならず、食料だけではなく仕事道具一式も背負って、特急あずさに乗って出かけた。娘が、

「仕事で明日帰らなきゃならないけど、あんたは暇だからあと何日か一人でここにいれば?」

と言うと、

「やだやだ、一緒に帰る」

と本気で怖がるのが面白くて、よくからかってやった。

そんなわけで、娘の方はここに来ても机にかじりついて仕事をしている時間が多かった。いきおい食事作りはもっぱら家の中にいる娘の係。昼ごはんができたからと呼んでもなかなか庭の作業は終わらない。夕方も暗くなるまで表にいて何かしている。

九

もうこんなに暗いのに何やってんだ〜。

「いいかげん終わらせて中にはいりなってば」

「ごはんの前にお風呂にはいっちゃいなさい」

もう、ガミガミ娘。

そんな母の労の功あって、あちこちに花がよく咲き、夏には緑陰のある小さいながらもいい庭ができていた。母がここで庭づくりをしたのはおよそ二十数年間。母が患ってから、まったく来られなかった三年間があり、調子が落ち着いたので、三年ぶりの秋に久しぶりに母娘二人で来られた。三年間閉め切りで空気も通さなかった家が心配だったが、意外に変わりなくきれいだったことに安堵したのを覚えている。

いっぽうの庭は三年の間に大変なことになっていた。地面は落ち葉で覆われ、木々の枝は伸び放題。お化けが出そうな状態だった。母はまたいつもの装束を着け、日がな落ち葉掃きをしていた。久しぶりだったので、隣のA子さんご夫妻も庭にやってきて、ほんの少しの間だけ、話もできた。三日間だけいて帰るとき、二人で、

「庭なんとかしなきゃねえ」

と話した。

「木もかなり手を入れて剪定してもらわないと」

が、母が山の家に滞在したのは、これが最後だった。その秋が終わって年が明け、いちばん季節のいい五月の半ば、永遠の別れとなった。


母が亡くなって半年後、ちょうど最後に母と一緒に来てから一年後に、一人で来る勇気がなかったので、兄の車で家の様子を見に来た。そのときは兄もいたし、ちょっと草取りをしただけでひとつ泊まって帰ったのだった。これで少しは気持ちの整理がついたので、これからは一人で来られるな、と思った。

そしてようやく一人で来たとき。家に着いて少し落ち着いたあと、ちょっと落ち葉掃きでもしようかと庭に出て、竹箒で掃き始めた。しばらく掃いていて、気がついてギョッとした。

「母さんはもういないんだ」

無心で掃いていた間は、今までと同じように庭のどこかに母がいるつもりになって

九

いた。いつも必ず母はこの庭にいたから。けれど、気がついてみれば、現実にはもういないのだ。あれ？　いつもすぐそこで機嫌よく箒か熊手を手にしていた母さん。いったいどこへ行ったんだ。

母が亡くなって途方もなく寂しい気持ちで過ごしてはいたが、「本当にいないのだ」と実感したのはこの時だった。実感して、うろたえた。が、どうすることもできない。動揺しながら、一人箒を動かし続けた。

このときのことを山まで遊びに来てくれた旧友に話したら、やはり一昨年お母さんを亡くした彼女は「横浜の高島屋に行けない」と言っていた。彼女らもとても仲のよい母娘だった。いつも高島屋に一緒に行っていたので、思い出してしまうから行くのが辛い、ということだった。

きっと、一人ひとりが人知れず、心のポケットの中に、大小の悲しみを持っているのだ。もうずいぶん前の映画「トーチソング・トリロジー」で、最愛の恋人を亡くした主人公が、それからもいろいろあって、ようやく心の平安を取り戻していくところで印象的なセリフがあった。「大切な人を亡くした悲しみは消えない。けれど、ずっとはめている指輪のように、少しずつ慣れていく。いつもそばにあって、それがあることが普通になっていく」。母を思い出して辛いときは、このセリフを思い出して、気持ちを立て直そうとふんばる。

入院している母を家に連れて帰るつもりで主治医にも相談し、医療に詳しい知人にもアドバイスをもらって、在宅介護の準備を始めようとしていた矢先、入院十二日目で母は息を引き取った。突然のことにしばらくは何も手につかず、食事もまともにとれなかった。しばらくぶりに会う友人には、痩せた痩せた、と言われ続けた。万年あんパン体型だったというのに。

「あら、えりちゃん、痩せちゃっていいわねえ」

と半年ぶりに会った年上の友人から言われたときは、不思議に勇気づけられ、さらりと言ってもらえたのがむしろありがたかった。母を亡くしたことで落ち込んだ状態の日々を、誰よりも心配してくれていた彼女の言葉だったからだろう。

母が元気なころは、ここは母の庭だったので、娘があれこれ庭のプランを提出しても、母の気にそぐわなければ、プラン実行の許可はなかなかおりなかった。娘としても、庭造りの本や写真集を買ってはせっせと山に運び、ああでもない、こうでもないと妄想をふくらませていたのだ。庭の小径を三和土《たたき》にしたい、生垣をぐるりと回したい。庭の入り口に枝折り戸《しお》をつけたい、レンガ敷きのポーチを造りたい。小さな池、小さな四阿《あずまや》、小さなアーバー、蔓草の棚、四ツ目垣、木をぐるりと囲むベンチ。アイデアはいくらでも出てきたが、けっきょく許しが出たのはレンガ敷きのポーチのみ。これを造るにあたっては、娘は相当張り切った。

庭造りの本を参考に、ピンクのベルギーレンガ、砂利に川砂、硅砂《けいしゃ》を注文。作業としては、まず下地を水平に作るため、杭を四隅の地面に打ち、黄色い水糸を張った。簡単な水平器さえ手に入れた。レンガを敷く部分の地面を浅く掘り下げ、砂、砂利をまんべんなく撒く。さらにそこを、直径二〇センチくらいのコナラの枝で作った縦槌《たてづち》で突いて、下地を平らに丁寧にならしていく。もう立派なドカチンだ。作業着はクレイジーケンバンド公式ブランド「横山自動車」の黒いツナギ。まずは衣装からキメなくっちゃ。

下地が水平の真っ平らになったところで、中心からレンガを敷いていく。パターンはヘリンボーンだ。半分ずつずらして斜めに模様が連続する敷き方。広さは約三畳分の正方形。中心から敷きはじめ、外側に向けて並べていく。敷き方がずれると最終的に模様が破綻するので、丁寧にずれないように、慎重にひとつずつ置き並べていく。敷き終わったら、レンガの間、目地に白い硅砂を詰めて、箒でならす。これでレンガが動かなくなるのだ。

やってみて初めて気づいたのが、ヘリンボーンパターンはレンガを半分ずつずらして並べるので、そのズレの辻褄を合わせるには、最後の列で隙間を埋める半分サイズのレンガが必要なのだった。半分サイズのレンガがないので、外周にはレンガ半分の隙間が何ヶ所かできた。仕方がないので、隙間には玉砂利を入れた。

「レンガたがね」というものを使えばレンガを半分に切ることができると最近知った。近々そのたがねを買い、半分サイズのレンガを作って、いまだ隙間のあいている場所に詰めてやろうと思う。

このレンガを敷いたのももう十五年ほど前になるか。今ではすっかり年季がはいっ

九

て苔も生え、古色がついた。

あまりの娘の気迫に気圧されたのか、母はこのレンガ敷き作業には一切手も口も出さなかった。レンガ敷きが完成したとき、あまりの疲労感に敷いたレンガの上に大の字になって寝ていたら、ようやく近づいてきた。

「うまくできたね〜。頑張ったな〜こりゃ」

とひっ倒れている娘の労をねぎらった。

これを皮切りに、娘としてはじわりじわりと母を丸め込み、自身の庭計画を実行しようと企んでいたのだが。この少しあとに母の病気がわかり、徐々に二人では山へ来られなくなっていった。あえなく計画も頓挫した。


その後、さらに庭が放りっぱなしだった数年間に、庭の木々はまるでジャングルのように生い茂り、通路がどこだかもよくわからないほどになった。ちょっとだけ来ていたときに郵便屋さんが来て、「あ？　ここでいいんですか？」と恐るおそる木の枝をかき分け、飛び石を伝って玄関までたどり着き、「うわ、ここに人がいるんだ」という顔をして配達の荷を渡すと足早に去って行ったことがある。周りの家でも、「何をしているんだ、この家は」と思っていたにちがいない。

これじゃあいかん。母が「木の剪定をしなければ」と言ってからすでに数年たっていた。管理会社を通して今までも作業を依頼していた造園業者に、庭木の整理と同時に、長年の希望だった生垣も頼むことにした。生垣に使う木は何にしよう。イブキにイチイ、サザンカ、アスナロ、いろいろ迷ったが、相談のうえ長年かけて仕上げていくにはツゲがいちばんと判断し、ツゲを植えてもらうことにした。四年前のことだ。

「母さんわるいね、生垣つくるよ」

心で断りをいれ、今度は自分が庭を管理する番だとばかり、気合を入れた。

自分の中で思う理想の庭は、イギリスの画家、アンソニー・グリーンの描く彼の自宅の庭だ。厚い緑に囲まれた、それほど広くはない、花の溢れる濃厚な庭。その閉じた空間にくつろぐ彼とその妻。そんな作品が何点も出品されていた、もう三十年ほど前の世田谷美術館の「アンソニー・グリーン展」は今も記憶に鮮明だ。グリーンは自

九

分と妻を描いた作品の多い、面白い作風の画家だ。この展覧会は同業の友人と二人で見に行った。ほかに入場客はほとんどなく、作品一点一点の前に立っては、二人で声を殺して笑い転げながら見たのを覚えている。

アンソニー・グリーンの庭、それは絶対的に緑に囲まれていなければいけない。ということは、生垣は必須なのだ。が、最初からこの庭にあった山桜の木は庭全体を覆う勢いで大きくなるし、母がやみくもに植えた木々もどんどん大きくなり、日陰が濃くなる一方。陽差しのほしい生垣のツゲにはなかなか陽が当たらない。ゆえになかなか育たない。厚みのあるツゲの生垣は、一体いつになったらできるのだろう。

庭全体が、夏になると濃い緑陰に覆われ、下に植えた花もほとんど咲かない状態だ。すると、ますますグリーン画伯の庭から遠くなる。木の幹ばかりが上に伸び、枝先の緑は随分高いところにあって、地面近くはスカスカなのだ。このままでは理想の庭には近づけない。はやくはやく、緑に囲まれた、木々に抱かれた、外界と隔絶された庭を作りたい。その秘密の庭で、一人くつろぐのが最終目標。

とにかく庭に陽射しを入れなければ。木の剪定は葉っぱの出る前にしたい。どうしようどうしよう。思案投げ首、考えた末に思い出したのは、以前知人に教えてもらった、近くで造園業を営んでいるYさんのことだった。もう何年か前、一度お電話をしたきりで、その後仕事を依頼することもできずにいたので、その失礼を思うと連絡をするのはかなりの勇気を要した。が、もはやためらっている場合ではない。もう立春だ。モタモタしているとあっという間に緑の季節になってしまう。待ったナシとばかり、豆撒きをした翌朝に勇気を振り絞って電話をしてみた。

するると、とても気持ちよく話を聞いてくれたYさん。もうその日の午後にはご夫妻で庭の様子を見にきてくれた。Yさんは電話で話して気持ちのよい方だと安心だったが、奥さんはどんな方だろう。ドキドキしながら待っていたら、なんとも魅力的で愛らしい奥さんが現れた。緊張が一気に溶解して、心が浮き立った。ご夫妻ともにほぼ自分と同年代くらいなのが、何よりうれしかった。いま周りでお世話になっているのは、みなひと回り以上年上の方たちだ。みないい方でそれはまったく幸せなことなのだけれど、同年代の通じやすさというのもまた格別。顔を合わせた瞬間に、お二人と

九

は楽しくやっていけそうだと直感した。こんなにうれしい出会いのきっかけ、Yさんを紹介してくれた年長の知人には感謝の気持ちしかない。

これで我が庭にも希望の光が差し込んできた。慌てることなく、じっくり相談しながら少しずつグリーン画伯の庭に近づけていこう。へんに焦っていた気持ちがほぐれ、少しばかり余裕さえでてきた。

何日か後に、Yさんが一人でトラックに乗って颯爽と登場、さっそく剪定作業をしてくれた。Yさんは、

「木は、女の人の体のように優しい形になるように、またその木がどうなりたいか、これから先のことを考えて枝を落としていくもの」

とおっしゃる。なるほどそのとおり。

玄関脇の、まだ木の丈一メートルそこそこのころからなぜかこれだけは自分で剪定してきたイロハモミジの形を褒めてもらったのはうれしかった。が、今まで何度も造園業者に頼んでいた木々の切り方を見て、Yさんは半ば呆れ気味だった。木の頭をた

だ水平にハサミを入れたように切った木を見ながら、

「どうしてこういうふうに切ったか、その人に聞いてみたいです、ボクは」

確かにごもっとも。「小一時間問い詰めたい」というやつだな。

「どうするかね本当にこれは」

脚立の上で、無残な姿になった木を前にして困り果てるYさんに、どうすることもできずにいる自分が情けなかった。

それでも二日間かけて、Yさんは庭全体がさっぱりと風通しよくなるように、そして一本いっぽんの木が気持ちよく芽を出し枝を伸ばせるように形を整えてくれた。ツゲの生垣も、初めて散髪してもらってスッキリした表情だ。ああ、うれしきことかな。初めて木々に愛のあるプロの手が入った。我が庭の木々たちよ、安心したまえ。これからはYさんがいるから君たちも安泰だぞよ。

さあ、これから芽が吹いて緑の葉が開くと、庭の木々はどんな様子になるだろう。期待がふくらむ。カエデの枝先も真っ赤、ヒュウガミズキもヤマブキも、ダンコウバイもみなまん丸に蕾がふくらんでいる。生垣際に生えているお隣の赤花のマンサクは、もう二月のうちから咲き始めていて、春はすぐそこだ。

スイセン、カタクリ、チューリップにムスカリにクロッカス。まだポットの苗のままのノースポールも花が咲き始めた。ポピーにアリッサムも、そろそろポットから植え替えしてやっても大丈夫そうだ。

最初の夏は、まるで庭に手が回らなかったが、今年は少し頑張りたい。Yさんと奥さんのK子さんに教えてもらいながら、また花の咲く庭への復活を。そしてさらにその先の、アンソニー・グリーン画伯の庭のような、濃い緑に包まれた安心感のある空間を目指そう。

母さん見ていなはれ。二代目の庭を、これから造っていくけんね。

十　春を迎えるの章

ゆうべは、春からの庭仕事に向けて、妄想八割方を含むあらゆる園芸プランを立ててやる気満々になっていた。

野菜の種は、グリーンピースにサヤエンドウ、サヤインゲンを買おう。根菜は、人参、小カブ、ハツカダイコン。バジルにパセリ、コリアンダーも蒔くぞ。ミントは去年の鉢から新芽がしっかり出てきているから大丈夫。冬のあいだ転がしっぱなしだった庭仕事のノートを出してきて、殊勝にも今年の庭プラン、種蒔き計画などを丁寧に書き留めた。

何箱もある、今までにためた花の種の整理もしなければ。そのなかから今年蒔く種を選んでさらに綿密な庭のプランを立てよう。明日から、一日三十分ずつでも外に出て、まずは畑にするところを耕すとしようか。裏庭の畑は夏に野菜を収穫したあと、秋からはまったく手つかずのまま放置していた。昨夏はこの山にも酷暑が襲い、秋になると連続したふたつの個展のために忙殺され、庭に出ることもほとんどままならなかった。

「よく耕した土には作物がよく育つ」

当たり前のことだ。

「冬に耕し、種蒔きに備える」

う〜ん、もう春が近づいてきているというのに。気は焦るばかりだ。

「だれにでも耕す畝《うね》がある」

勇気づけられるお言葉。これらの言葉はすべて『サラ・ミッダのガーデンスケッチ』より。この家に来るようになった時期に熱心に読んだ本で、奥付を見ると一九八三年刊行。三十六年前だ。久しぶりに、我が庭プランを妄想しながら、ゆうべはじっくり読み返した。

明日の庭仕事用の上着はどれにしようか、とまで考えながら床についた。夕方のラジオの天気予報では「今日の雨降りから一転、明日は晴れて春の陽気が戻るでしょう」と言っていた。天気好シ。張り切って寝た。

翌朝。目が覚める前から鳥が騒がしかった。餌箱がカラになったと餌箱のカバーを激しくくちばしでつついて催促している。はいはい、わかってますよ。目覚ましが鳴ったので次第に覚醒して、今日の気温がだんだんわかってくる。やはりあたたかい。普段はいつまででも布団の中で寝ている猫が、アラームの音と同時に布団から飛び出して行った。よほど気温が高いに違いない。まだ眠いけど、猫がいないなら寂しいから布団から出るか、と起き出した。靴下をはき、ガウンを着てから雨戸を開けた。

開けて外を見た瞬間、思わず大きく「えっ」と発声してしまった。本当に驚いたのだ。外は雪で真っ白だった。かなりの積雪。なんだこれは。いつの間にこんなに降ったんだ。家の屋根真っ白、木々の枝もみな白い雪を被せ綿のようにまとっている。地面も分厚い雪で真っ白だ。が、道は積雪していない。とても粗い雪が短時間に大量に降った印象。しんしん降り積もった繊細さがない。雪の塊があちこちデコボコしている。ゲリラ降雪か?

それでも、雪はもうやんで青空が広がっている。朝の陽に光る雪が美しい。ピンクに、ブルーに、そして薄黄色に照り映えて、いつまででも見ていたい眺めだ。

十

時折風が吹いて、木々に積もった雪がいっせいに吹き落とされる。細かな埃のように舞い散る雪は、陽射しに反射して光の粒に。予期しなかった別世界にしばし見とれた。

ここぞとばかり外に出ると、気温は高いし陽差しはあるし、溶けた滴が木々の枝から次々に休みなく落ちてきて、お天気雨が降っているよう。その水滴もひと粒ずつ光るので、幻想の世界に迷い込んだ気分になる。

この冬は雪が少なかったが、一瞬だけでもこんなに美しい光景を見られたのは幸運だった。

数日前のこと、いつも鳥にやるヒマワリの種を買う金物店の奥さんと話していたとき、今年は雪が少ないという話題になった。

「雪降ってくれなきゃね」

と言うので、

「雪降ってほしい？」

と聞いたら、

「そりゃそうよ、こんなに降らなかったら夏に水がなくて困っちゃうんだから」

との答えだった。それはそうだ。ご説ごもっとも。

八ヶ岳の峰々も、ほとんど雪に覆われることはなく、たまにちょこっと雪をかぶってもすぐに消えて、ほぼ冬じゅう黒い山のままだった。作物に影響のないことを祈るのみだ。

そう、作物。せっかくゆうべ張り切って、今年の庭のプランを考えていたのに。今日から庭仕事を始めようと思っていたのに。この積雪では今日の作業は無理そうだ。とわかるとひそかに少しうれしいようなホッとしたような。と、この怠け者め。

積雪のため計画していた耕作が中止になったので、午前中の仕事が一段落したところで、種の整理を始めることにした。花の種、野菜の種、花木の種に果樹の種もある。袋詰めにされた市販の種もあるし、育てた花や実からとった種、よその庭の主人からもらった種に、川原でとってきた種などなど。果樹の種は、自分で食べた果物からとっておいた種がほとんどだ。

十

封ができる小さなビニール袋の中に、植物の名前と日付を記した紙片を入れてある種が多い。いっぽう、適当に広告の紙に包んであるものや、枯れて乾いた花ごと、どこかの店のPP袋に突っ込んだだけのものもある。

この何年か、いかに気持ちに余裕のない日々を送っていたかがわかろうというものだ。こういう園芸、庭仕事のような楽しみだけのために使う時間は、どんなに忙しくても気持ちに余裕があればなんとか捻出して作れるが、気持ちが低く落ちていると、いくら時間があってもただ茫然と部屋にすわり込んだまま、何をすることもできない。種の整理くらい、力のいることでもなし、いつでもできたろうに、袋の中の紙片に記された日付を見ると、五、六年前のものもあれば、十年以上前のものもある。

こんなに昔の種は発芽しないかなあ。でも、行田の古代蓮を見よ。千年以上前のものと思われる種が発芽して、あんなに美しい花を咲かせているのだ。古代蓮は、今では行田のシンボル的な存在になっている。五年、十年がなんだ。発芽率が多少悪くたって、十粒に一粒、百粒に一粒芽を出せば立派なもの。こうなったら古代種の花を咲かせてやろう。

たしかにいくつもの種袋が詰まった箱が、二つ、三つと増えるたびに、「古代蓮、古代蓮」と唱えながら、怠惰をひそかに自己弁護していた。今日はその怠惰の「パンドラの匣」を開けるときなのだ。

今はなき、実家の近所にあったホームセンターの値札がついた種袋もある。古すぎか？　本当に大丈夫かな。でもチャレンジャーだ。蒔いてやろうじゃないか。

前述の『ガーデンスケッチ』を読むと、種の選別法が載っていた。

「使用前の種子の選別法：温水の入ったグラスに種子を入れ一時間後、浮いたままのものは捨てます。（後略）」

我が古代の種たちは、お湯に浸けられた途端、争うようにすべての種が水面目指して突進浮上するか。不安ではあるが。

何の本で読んだか、むかし中国で、収穫した栗の実を出荷したら、仲買人がその栗の実を水の入った大きな桶へ投入し、浮かんだ栗はすべてはじいて、沈んだ栗のみを買い取った、と。ふむ。種を水に浸ける方法は、かなり信用できそうだ。

種袋の中には、様々な形に紙を折った包みも混ざっていた。これは母がくれた種だ。それぞれに母の字で「カスミ草の種」「ムシトリナデシコの種」「ケイトウの種」と記してある。任せとき、これもみんな蒔いて、ひとつでも花を咲かせたる。

花、野菜、花木、果樹、と種類を分けて並べながら、ひとつずつ箱を整理していたら、あっという間に机の上がいっぱいになってしまった。机の脇に折りたたみベンチを置いて、さらに種袋を並べたり、小さな袋に入れ直して名札を書いたりしていたら、電話が鳴った。

このところずっと忙しそうだった近所のDさんからだ。昨年の秋以来だから、半年近くぶり。越してきた当初は、家の様々な設備のことで大変お世話になった方。

「お元気でしたか？」

「うん、ぼちぼちだね〜」

お互いに近況を話していたら、ちょうどいい時間だし、お昼を食べに行こうということになった。今日は午後自転車で駅まで行って、特急あずさの切符やコーヒー豆を買おうと思っていたけれど、この雪では自転車にも乗れない。耕作も中止だし、本日の予定は全面変更、お昼を食べに出かけることにした。

ほどなくDさんは車で迎えにきてくれた。

「これ初物のお土産」

差し出されたレジ袋の中をのぞくと、まだ固く閉じたフキノトウ。その淡い緑色が眩しい。

「わ、もう春ね。うれしい、どうもありがとう」

フキノトウは台所へしまって、ではいざ出発だ。

午前中で雪もかなりとけていた。木々を真っ白にしていた雪はすでに皆無。地面の雪も日当たりのいいところでは少なくなっている。表の通りに出ると、舗装の道路はすでにすっかり乾いていた。なんだ、これなら自転車だって乗れたじゃん。が、道脇の樹林帯の地面はまだまだ真っ白。ただ、気温が高い。本当に暖かだ。

釜無川の方へ林の間の道をぐんぐん降りて行くと、急に川沿いに開けた場所が広がる。北側は八ヶ岳、南側は南アルプスの峰の裾に挟まれた、穏やかな田園地帯。全体がうらうらとした陽射しに包まれている。心なしか、遠く見える木々の枝も新芽を膨らませているようだ。萌芽の爆発も秒読み状態か？　今朝の積雪がもはや嘘のようだ。その点、妙な気分だが、少しでも大地に水分をもたらしてくれたのだからよしとしよう。

お昼を食べ終わって、富士見のホームセンターへ行くことにした。うれしい。ホームセンター、今いちばん行きたいところだ。が、急なことなので、自分で欲しいものが把握できていない。買い物リストを持たずに来ると、物量のある店ではそれに圧倒されて集中できず、何も買えずに帰ることになってしまう。

街に出た帰りに何か買って行こうかと心の準備もせずに軽い気持ちでデパートの地下階へ足を踏み入れると、もうそれは敗北の旅の始まりだ。そのあまりのフードパワーに気圧されて、自分が何を欲しいのかもわからずにオロオロと通路を縦横に彷徨したあげく、何も買えずに撤退するのが常。それに通じるものがある。

でもせっかく連れてきてもらったホームセンター、何か買って帰りたい。

Dさんは、ヒマワリの種を買って行こうという。

「え？　お花咲かせるの？」

と聞くと、「平野さんの鳥の餌」だと。いつも自転車で、せいぜい一キロ詰めの袋をふたつリュックに入れてヨロヨロ帰ってくる話をしていたので、

「大きな袋で買えば安いし買いに行かなくてすむでしょ」

そんなお気遣いを。どうもありがとうございます。

駐車場から店にはいる手前の前庭には、花木の苗がワゴンに載せられてどっと並んでいる。すでに正気を失いそう。ドードー、うちの庭にこれ以上木を植えてどうするのだ。植える隙間など、これっぽっちもないぞ。

気を取り直して店内に。すると、はいってすぐの左側のスペースに広がるのは、花鉢と観葉植物の売り場だった。もうだめだ。完全に理性を失った。欲しかったんだ、観葉植物。こちらに来て、どれだけ横浜から連れてきた観葉植物を枯らしただろう。

十

昨冬は本当に何も手が回らなくて、植物たちが寒そうにしているのを窓の内側からじっと見ているだけだった。見ていたくせに、大鉢を家に入れてやる余裕がなかった。完全な見殺しだ。なんとか生き延びた十鉢あまりを、罪滅ぼしではないが、この冬は部屋の中で手あつく世話をした。その甲斐あったか、それぞれ緑を失うことなく「コブチザワ・テン」は今年も越冬しそうだ。辛くも植物たちに許されたということか。いやまだそんな図々しいことを言ってはいけない。

失ったものは多く、その心の隙間を埋めるため、もとい、単なる欲望が湧き上がり、観葉植物売り場に足を踏み入れた途端、今まで我慢していたタガがはずれた。アイビーの苗、そう、台所の窓に吊り鉢をあと二つ三つ足したかったのだ。アイビー、すごくいいだろうな。それからアスパラの苗。寒さに耐えられずに枯れてしまった、むかし馴染みの懐かしい姿。涼し気に繁茂する針のような葉に、真っ赤な丸い実、コリアンダーの匂いがする白い花が愛嬌だ。またうちで大きくなって、実をならせてね。シダのプテリスも見つけた。これも長い付き合いだったが、増えすぎて憎たらしいほどで、とはいえなくなると寂しかった。またうちで繁茂しなさい。遠慮はいらない。もうひとつ、タマシダ系のネフロレピシスダフィー。タマシダ欲しかったんだ。じっくり丁寧に育てよう。斑入《ふい》りのポトスも一緒に帰るぞ。いま我が家で育つのは、斑なし無垢のポトスで、水栽培で順調だったが、少々勢いがなくなってきている。共に植え込んで、新旧の交歓をしようではないか。どうぞよろしくね。

このあたりになると、もうDさんは呆れていたのではないだろうか。

「植物の名前をよく知ってるねえ」

と言うばかりでニコニコしているが。

「Dさんは観葉植物育てないの？」

と聞くと、Dさんの園芸ポリシーは、「実がなって食べられるもののみ」なのだそうだ。ただ花が咲くだけ、ましてや葉っぱだけ見てよろこんでる観葉植物なんて、Dさんにとっては意味不明かもしれない。

最後にもうひとつ選んだのは、ヤブコウジの小さな苗。手のひらに載るほどのポット苗の小さな木ながら、ツヤツヤした実をふたつ、葉の下に隠すようにつけている。かわいらしくて、大好きな木だ。こんな盆栽様のものは枯らすこと必至にも思えたが、どうしても欲しかった。

数年前まで、かなり長いこと新聞の夕刊に週一回編集委員が持ち回りで書くコラムに、植物の挿絵を描く仕事をしていた。季節がちょうどよかったので、何の気なしにヤブコウジの絵を描いたら、読者の方からお手紙をいただいた。ヤブコウジは亡くなった夫との大切な思い出の木です。とあり、描いてくださってありがとうと結ばれていた。逆にこちらが恐縮してしまうほどのあたたかく心に残る手紙だった。

それ以降、自分のなかでもヤブコウジは特別な存在になった。自分で育てるのは今回が初めてだが、できる限り頑張ろう。ヤブコウジは日陰でよく育つし、耐寒性もあるのでうちの庭にぴったりだ。根が横に這って増えるからグランドカバーにもなるという。植え込む場所を吟味して、大事に育てたい。

観葉植物コーナーを去り際に、大きめの鉢に仕立てられた立派なモンステラがあった。モンステラも、こちらで元気を失って芽を出せなくなった鉢のひとつだ。縦長の鉢に合わせたフェイクラタンの鉢カバーも悪くなく、ああいいなあ、と思った。思ったが、なぜかそのときはもう「これ以上買ってはならない」と心に妙なブレーキがかかって、買うのをやめてしまった。

それが、翌日になっても心残りで気にかかる。いっそ店に電話してコレクトで送ってもらおうかとさえ思い詰めるほどだ。またDさんに連れて行ってもらうのもあんまりだし。

外国へ行った時、お土産などを買うのに大した値段でもないのに妙に引き締めにかかり、買う数や量を減らしたりして、帰ってきてから後悔することがよくある。日本よりも物価が格段に安い国へ行っても、ひとつ十円、二十円の愛らしい民芸品を買うのにも吝嗇《りんしょく》根性が芽生えて、少ししか買わなかったりする。自分でもバカじゃないかと思うが、旅先にいるときは、滞在する国の物価モードに頭脳が切り替わってしまうのだろうか。おかしなことである。

そんな心持ちがモンステラを見たときに多少生じたのかもしれない。むやみに観葉植物の苗や鉢を買ってカゴをいっぱいにし、もうこれ以上はいかん、と思い込んでいた。が、帰ってみれば、モンステラを買うか買わないかは大した違いではなかったのだ。買ったってなんの問題もなし。その場で的確な判断ができずに、後悔したってあとの祭りだ。

心残りといえば、これはさらに現実感はないが、店の入り口スペースにあるセール品コーナーの壁が掲示板になっていて、そこに猫の里親募集の小さなポスターが張ってあった。カラー写真で三匹の猫が紹介されていて、その中の一匹に釘付けになった。「キジ猫のオス4ヶ月、甘えん坊で抱っこが好き。ワクチン、しつけ完了」。写真に写っている顔が姿が愛らしい。いま家にいる二歳半のキジ白は女子だが、もう一匹いれば留守番時にもさみしくないかとかねてより思っていた。とはいえ、抱っこも嫌いでプライドの高い我がままなうえにビビリなうちの猫が、幼い弟をあたたかく迎えるとも思えぬ。試してみなければわからないけれど、たぶん無理だろう。雄猫を飼うならこれだ、と既に名前も決定しているが、写真の猫は、その名前を十分受けて立ってくれそうな容姿だった。現実にはならないと思うが、これもまだ気持ちが尾を引いてゆらゆら揺れる。

観葉植物のほかに買ったのは、ふたつしか見つからなかったので吊り鉢ふたつ。次にペットコーナーに移動して、最初の目的のブツ、ヒマワリの種を見た。大きな袋は二二キロ袋だと。こんな大きなもの、置く場所もないよ。全部使う前に古くなっておいしくなくなりそうだし。五キロ袋くらいだとちょうどいいんだけどな。結局いつも買っているよりも少し大きな袋をひとつだけ買った。これもあとで考えれば、せめて二袋くらい買えばいいものを、ホームセンターに来たことに舞い上がっているせいか、けっきょく一袋だけカートに入れて恬《てん》としていたのだからいい気なものだ。ヒマワリの種を買いに行こうとDさんは連れてきてくれたというのに。

他にも猫のフードをいくつか。キャットフードは主にインターネットで買っているが、値段が不安定で、突然倍近い値段に上がることも多く、平均しても割高感が強い。飼い猫の好物のフードがあったので、出ている分を全部、と思ったけれど、たしなみを持とうとふたつだけラックに残して、あとはすべてカートに入れた。これでしばらく安心だ。

満足感にひたって、買った品を詰めた段ボール箱を抱え、車に戻った。さあ、帰ろう。八ヶ岳に向かってぐんぐん帰り道を登って行くと、正面に真っ白になった八ヶ岳がドカンと姿を現した。うわ〜、この冬初めて八ヶ岳が真っ白になったよ。金物屋さんの奥さんも、これで少しは安心しただろうか。いちばん近くの編笠山も、なだらかな稜線から裾の方まで真っ白だ。赤岳の方面もおそろしいくらいに白く光っている。やはり冬にはこの姿にならなくては。といってもずいぶん遅い雪だったが。

もう翌日は啓蟄《けいちつ》だ。日本の日めくりと隣合わせで使っている中国の日めくりは、節句や二十四節気ごとに絵柄が大きく入る。啓蟄の日にめくってみると、蛙が二匹跳躍している絵柄だった。蛙の頭上の雲に覆われた空からは、雷マークも律儀に入っている。啓蟄は、春雷の季節でもあるのだ。

春がそこまで来ている。二度目の越冬も無事に完遂できそうだ。今後、耕耘播種にやよ励もう。

あとがき

相変わらず続く山暮らしの日々。

今日は寒が戻って、朝の陽射しから一転、暗い曇天だ。猫が寒がるので、強力ストーブに切り替えた。小鳥たちはにぎやかに餌箱に訪ねて来るが、ときおり白いものがフワリと舞う。本降りにならないことを祈る。雨水なんだけどなあ、もう。

この本の原稿は、自分で勝手に書いたものだ。

それを亜紀書房の編集者、足立恵美さんに読んでいただいて本にしてもらうことができた。何よりの幸せ。細やかなフォローと的確なアドバイスに助けられて、本作りができました。どうもありがとうございます。

装丁をしてくれたのは、アルビレオの草苅睦子さんと小川徳子さん。美しい文字組とカバーデザインに、お礼申し上げます。

この春も庭計画がめいっぱいで、毎週のように注文した花や木の苗が届く。そのたびに鉢植えにしたり、地植えにして落ち葉で覆ったり。まだ外は寒いので、部屋の中は鉢植えや苗だらけだ。夜になったらさらに昼間のあいだだけ外に出してある鉢も部屋に入れる。これでは明かりを消したあと、植物を相手に酸素の取り合いになって窒息するのではと心配になるくらい。
そんな訳で、この春から夏も庭造りに専心の予定、まだ当分この家に住むことになりそうだ。

二〇二〇年　雨水　　山の家にて

平野恵理子

平野恵理子　ひらの・えりこ

1961年、静岡県生まれ、横浜育ち。イラストレーター、エッセイスト。山歩きや旅、暮らしについてのイラストとエッセイの作品が多数ある。著書に『きょうはなにして遊ぶ？ 季節のこよみ』（偕成社）、『歳時記おしながき』（学研プラス）、『にっぽんの歳時記ずかん』（幻冬舎）、『庭のない園芸家』（晶文社）、『平野恵理子の身辺雑貨』（中央公論新社）、『私の東京散歩術』『散歩の気分で山歩き』（山と溪谷社）、『きもの、着ようよ!』（ちくま文庫）など。絵本・児童書に『ごはん』『たたんでむすんでぬのあそび』（福音館書店）、『和菓子の絵本』（あすなろ書房）など。共著に『料理図鑑』『生活図鑑』（おちとよこ・福音館書店）、『イラストで見る 昭和の消えた仕事図鑑』（澤宮優、原書房）など多数がある。

五十八歳、山の家で猫と暮らす

2020年4月7日　第1版第1刷発行
2020年7月15日　第1版第4刷発行

著者　平野恵理子

発行所　株式会社亜紀書房
〒101-0051 東京都千代田区神田神保町1-32
TEL 03-5280-0261（代表）03-5280-0269（編集）
http://www.akishobo.com/
振替 00100-9-144037

装丁　albireo

印刷・製本　株式会社トライ
http://www.try-sky.com/

ISBN978-4-7505-1639-4 C0095